KB144334

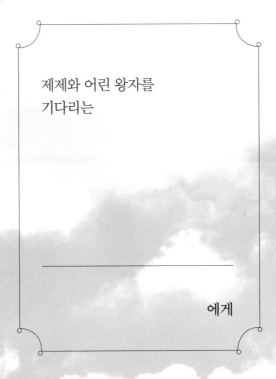

제제와 어린 왕자를
기다리는

_____

에게

제제와 어린 왕자,

행복은 마음껏
부르는 거야

일상의 행복을
꿈꾸는
제제와 어린 왕자의
행복 여행

낯선 대상을 길들여
서로가 세상에
하나밖에 없는 꼭 필요한 존재로
남아야 한다.

프롤로그
Prologue

다시, 사랑하는
마음으로

내 안에 존재하는 모든 사랑을 담아, 비행기 고장으로 사막에
불시착한 조종사가 만난 신비로운 소년에 대해 이야기하고 싶다.
그 소년은 바로 우리가 잘 알고 있는 어린 왕자다. 그는 우리에게
"낯선 대상을 길들여 서로가 세상에 하나밖에 없는 꼭 필요한
존재로 남아야 한다"는 메시지를 남겼다.

불현듯 우리 사는 모습이 떠올랐다. 우리도 매일 일상이라는
사막에 불시착하며 사는 게 아닐까? 때론 절대 일어서지 못할 것
같은 두려움에 빠지기도 하고, 때론 모든 것을 다 해낼 수 있을 것
같은 기분 좋은 착각에 빠지기도 하며 사막을 겨우겨우 건너는 게
아닐까? 사막에서 너무나 외로워 자신의 발자국을 보기 위해 뒤로
걸었다는 시처럼, 우리도 마음 따뜻한 누군가의 손길을 기다리며
사는 게 아닐까라는 생각을 해본다.

그렇게 《나의 라임 오렌지 나무》의 주인공, 제제가 떠올랐다.
지금도 어디선가 적막한 숲에 엎드려 억울한 눈물을 흘리고 있을
제제를 생각하며, 그를 어린 왕자에게 소개해주고 싶다는 생각이
들었다.

"제제, 그만 울고 나에게 와. 좋은 친구를 소개해줄게.
부끄러운 표정으로 웃으며 먼 하늘만 바라보지 말고, 나를 믿고
용기를 내줘."

손을 내밀면 우리는 마음을 나누게 되지. 그렇게 너와 어린 왕자는
서로를 알게 되고, 이 세상에 오직 하나밖에 없는 존재가 되는
거야.

어린 왕자를 만나면 꼭 묻고 싶은 게 하나 있었다고?
어떤 질문인데?
"지금 내 모습, 어때?"
"나 잘 살고 있는 거 맞지?"

서른이 되면 나만의 길을 찾아,
마흔 이후에는 모든 것이 평화로운 일상을 보낼 줄 알았지.
하지만 아무리 세월이 흘러도 현실은 쉽지가 않아.
그 이유가 뭘까?
언제나 지금 이 순간은 처음 맞이하는 시간이기 때문이야.
70년을 산 사람도 오늘은 처음이지.
오늘이라는 시간 앞에서 과거는 별 소용이 없어.
오늘은 오늘의 순간이 존재하니까.

그래도 지나간 시간이 전혀 쓸모없는 건 아니야.
오늘을 견디면 더 나은 내일을 맞이할 수 있다는 희망을 주니까.
지금 네 모습이 어떤지 물었지?
나는 이렇게 생각해.
'일상은 순간이고, 순간은 영원하다.'

인생은 계단을 밟고 올라가는 거야.
결국 오늘을 잘 살기 위해서는 존경받는 사람이 되어야 해.

물론 내가 말하는 존경은 사람들이 흔히 생각하는 것과
방향이 좀 달라.
타인의 존경이 아닌, 자신을 향한 존경이니까.
자신을 존경하는 마음이 왜 중요하냐고?
그 마음은 우리에게 3가지 선물을 주기 때문이야.
하나는 지금까지 오른 일상의 계단을 바라보게 하지.
그다음엔 '아, 내가 정말 여기까지 잘 올라왔구나!'라는 생각을
하게 해주고, 마지막으로 다시 오를 강력한 힘을 선물해주지.

인생을 잘 살고 싶다면,
적어도 내가 나를 존경할 수 있을 정도는 돼야 해.
그 마음이 좋은 인생의 시작 아닐까?
오늘의 내가 어제의 나를 존경할 수 있을 만큼,
지금 내게 주어진 이 순간을 근사하게 보내자.
그리고 조금만 더 나를 사랑하자.

사람과 사람이 만날 때, 가장 중요한 건 서로를 향한 사랑이야.
그래서 언제나 시작은 사랑하는 마음으로 다가가야 하지.
우리의 만남도 그렇게 시작하자.
"제제, 나는 너를 사랑해."

프롤로그 — 다시, 사랑하는 마음으로 ················ 6

1 오늘 저는 슬픔을 발견했어요

오늘은 내가 나를 위로할 것 ················ 18
내가 사랑하는 습관적인 고독 ················ 22
슬픔은 눈에 보이지 않아 ················ 25
생각만 해도 행복해지는 사람 ················ 27
상처 하나가 아문다는 것은 ················ 30
지친 내 마음을 쉬게 하는 한마디 ················ 33
내면을 강하게 만드는 생각의 주문 ················ 36
감정의 주인이 된다는 것 ················ 39
흔들리지 않는 주인공의 삶 ················ 41
더 멋지게 일어설 그대에게 ················ 43
그때도, 지금도 나는 혼자가 아니다 ················ 48

2 당신에게 나는 어떤 존재인가요

나쁜 감정 내보내기 ················ 52
우리는 서로를 부르고 있는 걸까? ················ 56
맞서지 않고 사는 기쁨에 대하여 ················ 59
희망의 풍경 ················ 61
한 사람을 믿는다는 것의 소중함 ················ 64
나를 미워하는 사람에게서 벗어나기 ················ 66
지금 여기 누가 울고 있다 ················ 68
그런 사람을 만나고 싶다 ················ 71
비난에 웃으며 대처하는 법 ················ 73
우리, 먼저 마음을 열자 ················ 75
낮은 자존감을 극복하려는 너에게 ················ 78
누군가를 미워할 용기가 필요해 ················ 81
평생 봄을 즐기는 방법 ················ 85

③ 왜 빨리 철이 들어야 하죠

보내야 만날 수 있어 ·············· 90
우리는 원하는 마음을 선택할 수 있어 ·············· 94
힘들어도 내 인생이니까 ·············· 97
좋은 날은 반드시 온다 ·············· 99
주변을 좋은 사람으로 가득 채우기 ·············· 102
내 마음이 편해야 한다 ·············· 105
누군가의 손을 잡는다는 것은 ·············· 108
네가 보내는 이 순간은 정말 소중해 ·············· 112
멈출 수 있는 용기 ·············· 114
좋아하는 일을 찾고 싶다는 너에게 ·············· 116
소망을 현실로 이루는 주문 ·············· 120
나를 지키며 살아가는 법 ·············· 122

④ 사랑해요, 당신이 나를 생각하지 않는 시간에도

나를 믿어주는 한 사람 ·············· 126
나를 미워하는 사람에게서 사랑 이끌어내기 ·············· 129
아름다운 연인을 만드는 한마디 ·············· 131
사랑하는 사람을 보낸다는 것 ·············· 134
이런 사람이 되겠습니다 ·············· 137
나는 빛나기 위해 태어났다 ·············· 139
우리 서로 사랑하며 살기로 해요 ·············· 141
너를 스친 바람도 글이 된다 ·············· 144
내가 사랑하는 사람 ·············· 147
세상에서 가장 완벽한 사랑 ·············· 150
사랑, 영혼에 보내는 귓속말 ·············· 153

에필로그 ― 더 많이 사랑하며 ·············· 156

"봄으로 가고 싶다"

하루 일과가 끝나고 집으로 돌아갈 때,
나는 문득 계절의 허리를 꺾어
봄으로 돌아가고 싶다는 생각을 해.

벌이 꽃을 찾아 분주하게 날아가듯,
햇볕이 앉을 자리를 찾아 지상을 헤매듯,
나도 그렇게 나의 봄으로 가고 싶어.

나의 겨울은 대체 언제 끝날까?
너도 아마 같은 고민을 하며 살고 있겠지.
그래, 삶의 겨울은 참 길고 봄은 짧아.

가시가 있어 발라낸 생선 살이 더 소중하듯,
겨울이라는 아픔이 있어 봄이 더 빛나는 것 아닐까?

지금 읽는 이 페이지가
너의 봄을 알리는 시작이면 참 좋겠다.

우리, 봄에 만나자.
따뜻한 마음으로 기다릴 테니까.

오늘 저는 슬픔을
발견했어요

오늘은 내가 나를
위로할 것

"사람 관계는 언제나 참 힘든 것 같아.
믿는 사람에게 실망하거나 배신을 당했을 때,
잊었다고 생각을 해도
나중에 다시 그 기억이 떠올라서 힘들어지곤 해.
물건은 쓰다가 해지거나 물리면
'처음부터 사지 말걸'이라고 말할 수도 있지만,
사람은 물건이 아니기에 살다가 힘이 들고 지친다고
'차라리 처음부터 만나지 말걸'이라고 말할 수도 없으니까."
제제,
믿었던 사람의 등을 보고,
사랑하는 사람의 차가운 마음을 보고 놀란 적 있니?
그리고 영원히 함께할 거라 믿었던 사람을
영원히 만날 수 없는 곳으로 떠나보낸 적 있니?

살다 보면 그런 날이 와.
아무도 내 마음을 알아줄 수 없기에,
나만 나를 위로할 수 있는 날이 오지.

이 거리를 혼자 걷는 이유를,
그 사람 때문에 아픈 이유를
오직 나만 알 때가 있어.

누구도 나를 위로할 수 없을 때가 있어.
왜 내가 여기를 걷는지,
왜 내가 이렇게 마음 아픈지,
타인은 모를 때가 있는 거야.
그럴 땐 잘못을 잊으려 하지 말고, 깨끗이 용서해줘.

"잘 이해가 되지 않아.
잊어버리는 것과 용서하는 것의 차이가 뭐야?"
용서하면 모든 것을 다 잊게 되지.
하지만 용서하지 않고 그냥 잊으려 하면
종종 그 일이 다시 기억나는 거야.
그러면 자꾸 더 아프게 되지.
지금 너처럼.

힘들어도 우리는 용서해야 해.
힘을 내자.
그나마 이렇게라도 내가 나를 위로할 수 있으니까.
내가 나를 따뜻하게 안아줄 수 있으니까.

제제와 어린 왕자,
행복은 마음껏 부르는 거야

"어린 왕자야, 나 지금 할 일이 생겼어."
"뭔데?"
제제는 먼 하늘을 응시하며 이렇게 속삭였다.
"같이 기다리자."
"그래."

무엇을 기다리는지 어린 왕자는 묻지 않았다.
아픈 감정이 사라질 때까지 기다리고 싶은 마음을 알았기
때문이다.
너무 힘들면 걸음을 멈추고,
오늘 하루는 지친 나를 위로하자.
아무리 힘든 날이 오더라도,
우리는 견딜 수 있다.
"나는 나를 위로할 수 있으니까."

내가 사랑하는
습관적인 고독

"지금 내 상황이 나아질 수 있을까?
나는 너무 나약하고, 부모님도 없고, 믿고 의지할 사람도 없는데.
자꾸 부정적인 내가 되는 게 정말 싫은데,
왜 내 눈엔 모든 상황에서 잘 안 되는 이유만 보일까?"
제제, 그 이유는 매우 간단해.
무언가 잘되지 않는 이유는 그저 가만히 있어도 느껴지니까.
중요한 건,
그럼에도 잘될 이유를 찾아내는 거야.
내가 이 별에서 좋은 것만 바라보며,
희망과 꿈을 찾아내는 것처럼 말이야.

물론 인간은 불가능에 약해.
가능성은 언제나 매우 희박하니까.
하지만 잘 안 되는 이유를 100가지 꼽으면서,
그래도 잘될 이유를 하나라도 말할 수 있다면
그에게는 가능성이 있다고 볼 수 있지.

세상의 모든 가능성이 소중한 것은,
불가능한 이유는 저절로 느껴지지만
가능한 이유는 스스로 찾아내야 하기 때문이야.
모든 악조건 속에서도 생각하는 사람만이
그 상황을 돌파할 무언가를 찾아낼 수 있지.
나는 그를 '습관적 고독자'라고 불러.

"습관적 고독자라고?"
맞아, 우리는 결국 일상을 살고
일상이야말로 우리가 가진 최고의 재산인 셈이야.
내일이 가장 기대되는 사람은
결국 일상을 자신에게 맞게 사용하고
자신이 하는 일에 연결하는 사람이야.
그들이 바로 습관적 고독자이지.
모두와 함께 존재하지만,
스스로 원할 때 혼자 존재할 수 있는 사람.
몸은 여기에 있지만,
영혼은 시시각각 다른 곳에 가 있는 사람.

일단 너의 가능성을 믿어봐.
그럼 일상이 저절로 네가 원하는 대로 바뀔 테니까.

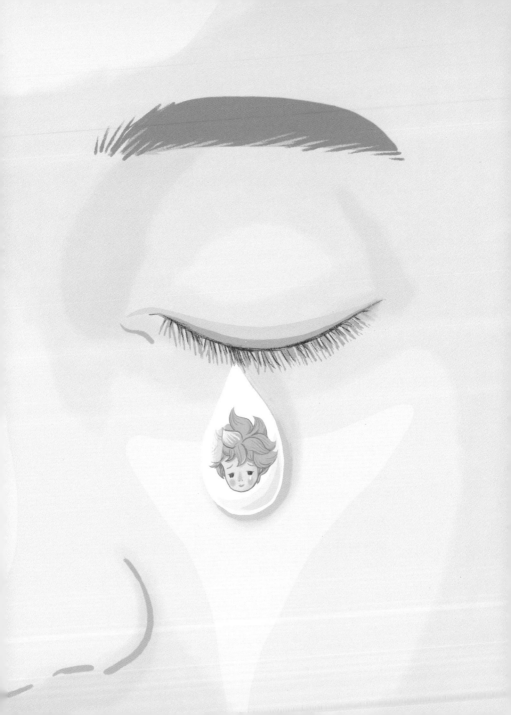

슬픔은
눈에 보이지 않아

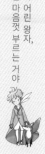

어린 왕자는 그림 하나를 그려서 주변 어른들에게 보여줬다.
어른들은 모두 그것을 모자라고 말했다.
어떻게 생각하면 너무나 당연한 결과였다.
어린 왕자는 언제나 자세하게 설명을 해야만 했다.
코끼리를 삼키고서 소화시키는 보아구렁이를 그려 보여주는
방식으로.
어른들이 그 안을 바라보지 못하니까,
늘 자세하게 그려줘야 한다며 어린 왕자는 불평했다.
"어른들에게는 언제나 설명을 해주어야 한다."

어린 왕자가 그렇게 그림까지 그리면서
코끼리를 삼킨 보아구렁이 이야기를 한 이유가 뭘까?
그의 삶과 그의 말을 연결하면 답이 나온다.
"중요한 건 눈에 보이지 않아."

어린 왕자는 자신의 슬픈 감정을 말하고 싶었던 것이다.
누구나 자기 안에 코끼리처럼 거대한 슬픔을 안고 산다.

하지만 우리는 슬픈 감정을 다루는 데 서투르다.
알면서도 신경을 쓰지 않거나,
아예 존재 자체를 인지하지 못한 채 스쳐간다.
어린 왕자는 말한다.
"네 안에 존재하는 코끼리라는 슬픈 감정을 잘 다루어야 해.
언제나 자세하게 설명해야 하지.
네 슬픔이 어디에서 왔고, 왜 지금 슬프고,
어떤 방법으로 나를 치유해야 할지
정말 자세하게 자신에게 설명해야 해."

누구나 가슴에 코끼리처럼 거대한 슬픔이 산다.
슬픔을 안고 평생 잘 지내며 살아가야 한다.
그게 바로, 서로에게 서로를 잘 설명해야 하는 이유다.
"슬픔도 친구가 되면 소중해진다."

생각만 해도
행복해지는 사람

제제와 어린 왕자,
행복은 마음껏 부르는 거야

"요즘 나 너무 힘들어.
내 가슴속에서 슬픔이 자라나는 것을 막을 도리가 없어.
이유도 모르는 채 모질게 얻어맞은 짐승처럼……."
제제가 자신의 슬픈 현실을 고백하자,
어린 왕자는 제제의 손을 잡으며 이렇게 말했다.
"제제, 나는 네가 조금 더 웃었으면 좋겠어."

보기만 해도 우울해지는 사람이 있어.
함께 대화를 나누는 것만으로도 피곤해지고,
부정적인 기운이 파도처럼 밀려들어 힘들게 하지.
만남은 누구에게나 정말 소중해.
누구를 만나,
어떤 대화를 나누고,
'어떤 기운을 전파하느냐?'에 따라서
나의 하루와 기운이 결정되기 때문이야.
나의 불행도 결국 내가 스스로 만드는 거야.

세상에는 변하지 않는 진리가 하나 있어.
'슬픈 예감은 현실이 된다.'
'힘들겠다고 생각한 일은 실패로 끝난다.'
이 두 문장에는 공통적인 감정이 하나 있지.
바로 '부정'이야.

자신의 작품을 부정하는 화가는 없잖아.
그런데 왜 자신의 내일을 부정적으로 그리고 있니?
좋은 생각으로 좋은 미래를 꿈꿔야
원하는 내일을 맞이할 수 있어.
이젠 부정적인 내일을 그리지 말자.
자신의 소중한 삶을 부정의 늪에 빠지게 하지 말자.

"그래, 네 말처럼
오늘 내가 행복한 이유를 생각해보는 게 좋겠다.
오늘은 참 재수가 좋은 날이야.
생전 처음 마차도 타보고,
멋진 자동차가 지나가는 것도 보고,
먼 바다에서 울리는 배의 기적 소리도 들었으니까.
곧 좋은 일이 생길 것 같아."

보기만 해도 행복한 사람이 되자.
생각만 해도 행복해지는 사람이 되자.
좋은 생각을 가슴에 품고,
내일의 희망을 그리고,
뜨거운 사랑을 나누자.
'나는 행복을 나누는 사람이다.'

상처 하나가
아문다는 것은

제제는 놀러 다니는 것을 좋아하지만
부모님은 그가 밖에 나가는 걸 좋아하지 않았다.
늘 밖에 나갈 구실을 찾던 제제는 구두닦이를 생각해냈다.
구두를 닦아 돈을 벌어오면 나갈 수 있게 해줬기 때문이다.
또 하나의 수확은
구두를 닦으면서 운명적인 만남을 갖게 된 것이다.
그는 제제를 다른 시각으로 바라보는 사람 중 한 명이었다.
제제에게 그는 친절을 베풀고 한없는 사랑을 보여줬다.
제제는 자신을 인정하고 사랑해주는 그에게
특별한 감정을 느꼈다.
하지만 그들의 관계는 오래 지속되지 않았다.
제제는 외로울 때 힘이 되어주었던 그의 죽음에 절망했다.
"대체 이 아픔은 언제까지 이어지는 걸까?
그의 죽음을 인정했다고 생각했는데,
시간이 지날수록 오히려 더 아파.
너무 아파, 견딜 수 없을 정도로."

제제, 어떤 부위든 처음 상처가 났을 땐 그저 아프지.
하지만 시간이 흐르면 아픔이 가시고 간지러움이 시작돼.
그렇게 아플 때보다 더 참기 힘든 시간이 찾아오는 거야.
지금 바로 네가 그 시기를 겪고 있어.

우리는 모두 자신의 삶에서 새로운 일에 도전하며 살아.
그렇게 노력하며 살지만,
원하는 것을 이루지 못하는 이유는 뭘까?

참지 못하기 때문이야.
간지럽다는 것은 아물고 있다는 증거야.
상처를 이겨내고, 더 큰 내가 되고 있다는 증거라고 생각하면 돼.
하지만 인간은 누구나 간지러운 곳에 자꾸 손이 가.
간지러움을 이기지 못하고 상처를 긁어버리면
다시 처음부터 시작해야 해.
더 아프고 더 간지러운 순간을 견뎌내야 하는 거지.

그래서 우리는 중간에 또 포기하고 말아.
고통에서 시작된 상처가 간지러움으로 이어져
완벽하게 아물 때까지 견디지 못하는 삶을 반복하는 거지.
그게 바로 우리의 고통이 끊이지 않는 이유야.
한 번도 제대로 아문 적이 없기 때문이지.

또한 그것은,
진정으로 누군가의 아픔을 위로할 수 없는 이유이기도 해.
딱지가 떨어질 때까지 치열하게 아파본 사람만이
상처로 고통받는 한 사람의 가슴을 위로할 수 있으니까.
상처 하나가 아문다는 것은,
상처로 아파하는 누군가를 위로해줄 따뜻한 방 하나가
내 마음속에 생겼다는 것을 의미하는 거야.

지금 상처가 나를 아프게 한다면,
참을 수 없을 정도로 간지럽다면
하나만 기억해.
"그렇게 상처는 아문다.
그렇게 한 단계 성장한다.
그렇게 한 사람을 위로할 수 있는 사람이 된다."

지친 내 마음을 쉬게 하는
한마디

"아버지가 직장을 잃었어.
나는 오늘도 부모님에게 부당한 이유로 맞았고,
이제 정말 우리 가족에게 희망은 없는 것 같아.
아, 죽고 싶어.
어떤 이들에게 죽는다는 건 참 쉬운 일이잖아.
몹쓸 기차가 한 번 지나가면 그만이니까.
그런데 왜 내가 하늘나라에 가는 것은, 이다지 어려운 걸까?
내가 가지 못하도록 모두들 내 다리를 붙잡고 있나봐."

제제, 너 지친 것 같아.
좀 쉬는 게 좋을 것 같아.
마음은 쉽게 달아오르니까.
괜찮은 척, 다 잊은 척, 모두 이해한 척.
모든 척은 결국 자신을 망치는 지름길이야.
스스로 대범한 사람인 척 말하다가
상대의 한마디에 바로 민감해져서
방어적으로 변하는 사람을 보면,

"다른 사람의 말 한마디에
그렇게 민감할 필요 없어요"라고 말해주고 싶어.

큰 조직을 이끌며 승승장구하는 사람도
매일 외롭고 현실은 두렵지.
여기도, 저기도 참아내는 사람만 가득한 것 같아.
아픔을 확장할 필요도,
없는 자신감을 있는 것처럼 포장할 필요도 없어.
현실을 그대로 인정하면 편안해지니까.

우리는 '약한 존재'도,
그렇다고 '강한 존재'도 아닌,
그냥 '존재' 그 자체이니까.

당분간은 지친 내 마음을 쉬게 하자.
짧은 한마디면 충분해.
오늘은 아픈 마음에 대고 이렇게 말해보자.

"억지로 감정을 포장하거나,
더는 괜찮은 척하며 웃지 말자.

그저, 내게 주어진 나로 살자."

내면을 강하게 만드는
생각의 주문

제제는 강한 마음을 가진 아이다.

말도 안 되는 현실에서

수많은 어른들의 질타와 비난에도 꿋꿋하게 살고 있으니까.

어린 왕자가 물었다.

"어른들이 너를 괴롭힐 때, 너는 어떻게 하니?"

"아주 간단해. 내 마음속에서 그 사람을 사라지게 하는 거야.

사랑하기를 그만두면, 그 사람은 언젠가 사라져."

세상에는 어떤 말을 들어도 견딜 수 있을 만큼

단단해 보이는 사람도 있고,

바람만 불어도 무너질 듯

얇은 유리창 정도의 연약한 자존감으로 사는 사람도 있다.

후자의 특징은 좋은 일은 금방 잊고,

나쁜 상황은 반복해서 재생한다는 데 있다.

당연히 매우 긴 시간 나쁜 상황으로 고생한다.

스스로 잊지 않기 때문에,

내면의 상처는 더 심각해진다.

이는 똑똑해 보이는 사람에게 더 자주 발생한다.
자꾸 상황을 논리적으로 해결하려고 하기 때문이다.
예를 들자면 이런 식이다.
"나의 잘못이 45% 정도이고,
너의 잘못이 55% 정도니까
네가 더 아파야 하는데 왜 내가 더 아프지?
이건 불공평하잖아!"

그들은 반복해서 계산하고 아파하며,
아까운 시간을 소비한다.
이럴 땐 좋은 방법이 하나 있다.
스스로에게 이렇게 질문하는 것이다.
"모든 나쁜 상황에서 가장 큰 손해를 입은 피해자는 누군가?"
답은 매우 간단하다.
"그 상황에 마지막까지 남아 있는 사람이다."

현장에서 벗어나자.
아무리 억울하고 속상해도,
그 상황을 생각하고 말하는 일상에서 벗어나자.
그래도 정말 괜찮으니까.

그 아픈 상황을 이제 모두 잊자.
당신도 충분히 할 만큼 했으니,
훌훌 털어내고 행복할 내일을 기대하자.

"그대의 모든 힘든 일,
잊어도 괜찮다.
정말 모두 괜찮다."

감정의 주인이
된다는 것

어린 왕자에게는 불을 뿜는 화산이 둘 있다.

화산은 아침밥을 데우는 데 아주 편리했다.

불이 꺼져 있는 화산도 하나 있는데,

그는 이 화산도 잘 쑤셔놓았다.

그 이유를 묻는 사람들에게 어린 왕자는 언제나 이렇게 답한다.

"어떻게 될지 알 수 없는 일이야."

같은 상황에서 같은 일을 당해도

어떤 사람은 화산이 타오르는 것처럼 화를 내는 반면,

모든 감정을 제어하고 평온한 상태인 사람도 있지.

두 사람의 차이는 뭘까?

화산은 잘 청소되어 있으면 부드럽게,

폭발하지 않고 규칙적으로 타오르지.

그럴 때 화산의 폭발은 벽난로의 불과 마찬가지야.

예상하고 대비할 수 있다는 말이야.

우리가 우리의 감정을 제어하지 못하는 이유는

우리가 가진 자제력의 높이와 두께가 낮고 얇기 때문이야.

참지 못하고 감정의 시중을 들어버리는 것이지.

"그래, 네 말이 옳아. 다 좋아.
그런데 화산을 청소할 때 폭발해서 불이 내게 튀면 어쩌지?
화상을 입을 수도 있는 거잖아."
그래, 네 말이 맞아.
마음을 잘 청소하는 일도 쉬운 일이 아니야.
하지만 나는 분명 그만한 가치가 있다고 생각해.
"마음은 마치 나비처럼 우리를 이리저리 흔들며 괴롭히지.
하지만 나비를 제대로 알고 싶으면
몇 마리의 벌레는 견뎌야 하는 거야."

흔들리지 않는
주인공의 삶

제제와 어린 왕자,
행복은 마음껏 부르는 거야

수많은 풀이 흔들리며 자기 존재를 알리는
푸른 숲에서 어린 왕자는 사색에 빠졌다.
"힘든 상황에서도 흔들리지 않고
자신의 목표를 향해 웃으며 달리는 사람에게는
어떤 비밀이 있을까?"
몇 시간이 지났을까?
어린 왕자는 마침내 답을 찾아내곤 이렇게 소리쳤다.
"세상에 흔들리지 않는 사람은 없다."

불행한 생각이 들 때마다, 좋은 생각을 할 뿐이다.
열 번 불행한 생각이 찾아오면 백 번 긍정하고,
백 번 불행한 생각이 찾아오면 천 번 긍정한다.
"왜 긍정이 최고의 방법인가요?"라고 묻는다면,
나는 이렇게 답하고 싶다.
"삶은 도착할 때까지 멈추지 않는 댄스다."

불행한 생각과 함께 춤출 수 있는 사람은 없다.

그는 나를 무대에 주저앉히려고 찾아온
최악의 파트너이기 때문이다.

긍정이야말로 무대를 끝낼 힘과 방법을 갖고 있다.
"멈추지 않고 긍정적으로 생각하며,
더 나은 스텝을 내디뎌야 한다."

내게 주어진 이 음악이 끝날 때까지
마지막 멜로디가 희열의 기쁨이기를 소망하고,
더 나은 스텝을 구상하며 꿈꾸는 자가
무대의 감동을 결정하는 주인공이다.

긍정적인 생각이 지워져버리지 않도록,
기억하고 또 기억하자.
"주인공은 결국 웃는다.
웃을 수 있을 정도의 세월을 보냈으니까."

더 멋지게 일어설
그대에게

축 처진 어깨로 나타난 제제가 한숨을 내쉬듯 이렇게 말한다.
"세상의 수많은 어른들과 잘 지내기 위해서는
철이 들어야 할 것 같아.
세상이 나를 철들게 하는 것 같아."
제제, 왜 그런 생각을 했니?
세상에 일찍 철드는 아이는 없어.
철든 아이는 화와 분노를 참고 있을 뿐이야.
사람은 누구나 나이가 들고 시간이 지나야 철이 들어.
억지로 그렇게 살 필요는 없어.
철이 든 아이처럼 보이는 것보다 중요한 건,
지금 네가 느끼는 그 감정을 표현하는 일이야.
현재에 집중해야 그게 정말 너의 경험이 될 수 있어.

해가 뜨겁게 대지를 달구다가,
순식간에 세찬 비바람이 불 때가 있다.
내일을 알 수 없는 자연은
우리들 인생과 참 많이 닮았다.

태양보다 뜨겁게 일상을 달구는 사람에게도
갑자기 아무것도 생각하고 싶지 않고,
아무것도 원하는 게 없는 날이 온다.

그냥 방에 혼자 앉아,
모든 생각을 말끔히 비운 채
물끄러미 정면만 응시하고 싶은 날이 있다.
이를테면 자기 분야에서 대가가 되려고 쉼 없이 달리다가
알 수 없는 힘에 이끌려 갑자기 그 자리에 멈춰 서서
'내가 왜 뛰는 거지?'라고 생각하는 순간이 오는 것이다.

스마트폰 번호를 바꾼다고
인생을 다시 시작할 수 있는 게 아닌 것처럼,
그럴 땐 세상의 어떤 지혜도 내게 도움이 되지 않는다.
다만, 이렇게 생각하자.
첫 장부터 마지막 장까지
검은 글자로만 가득한 책은 없다.
어떤 위대한 책도 중간중간 여백이 있다.
우리는 그때마다 잠시 숨을 고르고
설레는 마음으로 다시 페이지를 넘긴다.

'내가 왜 사는 거지?'
'여기까지 왜 뛰어온 걸까?'
삶의 이유를 알 수 없는 날이 있다.
그럴 땐 실망하거나 주저앉지 말고,
우리 이렇게 생각하자.
'내 삶을 더 근사하게 만들
다음 페이지를 넘기기 위해,
여기에서 잠시 쉬었다 가자.'

당신은 여전히 멋지다.
어제도 그랬고, 내일도 그럴 것이다.
다만 오늘은 잠시 휴식이 필요할 뿐이다.
"더 근사한 내 삶의 페이지를 만나기 위해."

제제와 어린 왕자,
행복은 마음껏 부르는 거야

그때도, 지금도 나는
혼자가 아니다

"세상에 나 혼자 남겨진 것처럼 외로울 때가 있어.
그럴 때마다 나는 살아 있다는 것 자체가 버거워.
어린 왕자, 너도 그 느낌 알지?"
마침 잔잔한 바람이 분다.
어린 왕자는 기분 좋은 미소로 제제를 바라본다.

꽃이 아름다운 이유는
뿌리에서 시작해 꽃이 되어 사라질 때까지
서로를 오래 바라보기 때문이고,
별이 오래도록 빛나는 이유는
캄캄한 하늘 위에서 손을 잡고 곁에서 지켜주는
수많은 별이 존재하기 때문이야.

사람이 아름다운 이유도 마찬가지야.
힘들어 포기하고 싶어도,
그런 아픈 마음이 사라질 때까지
오래도록 지켜봐주는 사람이 곁에 있지.

울고 있는 너에게
여전히 빛이 존재하는 이유는,
어둠으로 가득한 세상이지만
너만 바라보며 곁에 서 있는
수많은 고마운 사람이 존재하기 때문이야.

힘들 때면 주변을 돌아봐.
사람은 누구나 혼자이지만,
반대로 누구도 혼자가 아니야.
옆을 바라보고,
또 뒤를 돌아보면 보일 거야.
꽃과 별이 너에게 속삭이나니,
"그전부터 지금까지 그대는 혼자가 아니다.
별과 구름, 바람과 언제까지나 함께 존재한다."

제제와 어린 왕자,
행복은 마음껏 부르는 거야

2

당신에게 나는
어떤 존재인가요

나쁜 감정
내보내기

'전혀 쓸모가 없는 아이, 정말 나쁜 아이, 악마, 악질, 개망나니,
불량배, 아예 태어나지 말았어야 하는 아이.'
이 모든 표현은 이제 겨우 5살이 된 제제를 두고 하는 말이다.
어린 왕자는 고민에 빠졌다.
그에게 대체 무슨 일이 있었던 걸까?
하지만 그 이유를 안들 무슨 소용인가?
그가 지금 내 앞에서 사랑스러운 얼굴로
이렇게 마음을 고백하고 있는데.
"네가 좋아, 어린 왕자.
나, 정말 착하게 살 거야. 싸움도 안 하고,
욕도 안 하고 볼기짝이란 소리도 안 할 거야.
좋은 아이가 되어서 너와 늘 함께 있고 싶어."

어른들은 제제를 악마라고 불렀다. 하지만 진짜 악마는 누굴까?
제제는 결국 그를 스친 어른들이 만든 생명이다.
아이는 어른을 그대로 모방하기 때문이다.
제제를 악마로 만든 책임은 결국 그를 비난하는 어른들에게 있다.

"넌 힘들지 않니, 주위의 시선이?"
제제는 밝게 미소 지으며 이렇게 답했다.
"난 아무것도 바라지 않아. 그래야 실망도 안 하거든."

그래, 그 말이 정답이다.

고통은 허상이니까.

모든 감정에는 영혼이 없지.

상황 그 자체가 짜증 나는 게 아니라,

그 상황에 놓인 내가 짜증을 느끼는 거다.

'사랑'이라는 단어를 발음하며

사랑을 느낄 수 없는 것처럼,

'고통'이라는 단어로도

자신의 감정을 전할 수 없다.

물론 인간은 감정의 영향에서 완전히 벗어나기 힘들다.

나쁜 감정이 생길 때마다,

그것을 상상 속에서 과일로 만들어

동물을 불러내 먹이로 주자.

비난하고 싶은 감정은 바나나로 만들어 원숭이에게,

질투하는 감정은 수박으로 만들어 코끼리 앞에 두는 것이다.

우리의 삶을 망치는 나쁜 감정은

지금도 우리 안에 침투하기 위해 틈을 노리고 있다.

모든 나쁜 감정은 손을 가지고 있지 않다.

언제나 문을 여는 건,

인간이라는 사실을 알아야 한다.

받아들이지 말고 내보내자.
우리는 좋은 감정을 선택할 수 있다.

제제가 나를 스쳐가며 이렇게 속삭인다.
"다 잊고 한숨 푹 자.
자고 나면 다 잊게 돼."

제제와 어린 왕자,
행복은 마음껏 부르는 거야

우리는 서로를
부르고 있는 걸까?

"다양한 분야에서 정말 열심히 일하고 있는데,
왜 되는 게 하나도 없을까?
더구나 도움이 될 만한 사람도 엄청나게 만나고 있다고.
아무래도 운이 없는 걸까?"

제제, 뭐든 길들이는 게 먼저야.
사람도, 일도 너를 소중하게 생각하도록 만들어야 해.
방법은 어렵지 않아.
'길들인다는 것은 관계를 맺는 거'라고 내가 말했잖아.

전화, 인터넷, 전기 등 각종 전선줄이 마치 거미줄처럼 뒤엉킨
모습을 보면 어때?
선이 어디에서 어떻게 연결되어 있는지
도무지 감을 잡을 수가 없지.
사람도, 일도 마찬가지야.
우리는 그 사람을 만나며 관계를 맺고,
일을 시작하며 전선처럼 하나로 연결이 되지.

너무 많은 사람을 만나면
한 사람도 담을 수 없고,
너무 많은 일을 하면
하나도 나의 것을 만들 수 없어.

자신에게 물어봐.
"왜 그를 만나고,
왜 그 일을 하는 걸까?
우리는 서로를 부르고 있는 걸까?"

요즘 뭘 하고 사는지,
누굴 만나 어떤 이야기를 나누었는지,
무엇도 제대로 기억할 수 없다면
그런 일상은 삶에 아무런 도움이 되지 않아.

한 사람을 마음에 담고,
하나부터 제대로 시작하자.

서로에게 소중한 관계가 되어야,
서로에게 가장 빛나는 것을 줄 수 있으니까.

맞서지 않고 사는
기쁨에 대하여

제제와 어린 왕자,
행복은 마음껏 부르는 거야

"다시는 그 사람과 상종도 하지 않을 거야.
내가 얼마나 믿고 의지했는데
나를 그런 식으로 대하다니!
왜 사람들은 자꾸만 내게 실망을 주는 걸까?
아무래도 내가 조금 더 강하게 나가야겠어.
그래야 나를 우습게 생각하지 않을 것 같아."

과연 그럴까?
바람이 불면,
풀은 언제나 허리를 굽히지.
그 이유가 뭔지 알고 있니?
약해서, 비겁해서가 아니야.
힘을 잔뜩 주고 맞서는 행위는
서로에게 분노만 남기기 때문이지.

당당하게 맞선다는 것은,
경쟁해서 이기는 것만을 말하는 게 아니야.

그렇게 쟁취한 것들은,
훗날 너에게 고약한 추억으로 기억될 거야.
그렇게 산 너 자신이 미워질 수도 있지.
그게 말싸움이든 사람과의 경쟁이든,
맞서서 이긴 기억은 결국 부끄러운 추억으로 남으니까.

산다는 것은 맞서는 게 아니야.
때론 조금 허리를 숙일 때도 있고,
나란히 걸어가며 손을 잡을 때도 있지.
그렇게 영원히,
서로를 가만히 바라보며 함께 걷는 거야.
생각만 해도, 바라만 봐도 행복한 얼굴로.

우리가 그래야만 하는 이유는 아주 간단해.

내가 그 사람을 세상에 하나뿐인 가장 소중한 사람으로 대하면,
그에게 나도 세상에 하나뿐인 가장 소중한 사람이 되기 때문이지.

내 말을 믿어봐.
그럼 다른 세상이 펼쳐질 거야.
모든 것이 소중해질 거야.

희망의
풍경

"제제, 기다림이 주는 희망적인 느낌을 알고 있니?"
나는 언제나 너를 보며 희망을 느껴.
4시에 만나기로 하면,
나는 3시까지 너를 만나기로 한 장소로 가곤 하지.
바쁜 날에는 쉽지 않겠지만,
가능하면 바쁘지 않은 날로 약속을 잡아 한 시간 정도
너를 기다리고 싶어.
지금 문을 연 사람이 너일까?
지금 너의 발자국은 어디를 걷고 있을까?
나는 왜 이렇게 네가 좋을까?
이런 생각을 하면 저절로 삶의 희망이 생기니까.
어떤 화려한 무대에서도 느낄 수 없는,
너를 기다리는 우리의 무대에서 난 누구보다 행복할 거야.

우리는 너무 쉽게 세상을 판단하고 있어.
정말 중요한 자기 감정까지 너무나 쉽게 판단하고 단정하지.
"희망이 보이지 않는다"는 말,

그건 정말 자신을 아프게 하는 표현이잖아.
희망은 언제나 같은 자리에서 빛나고 있는데,
단순히 내 눈에 보이지 않는다는 이유로
없는 존재로 만들어버리는 것은 아닐까?

"이제 희망이 보이지 않아"라는 말은,
지금까지 수고했고 앞으로 수고할
자신에 대한 예의가 아니야.
지금도 희망은 너를 바라보고 있는데,
왜 고개를 숙이고 희망이 없다고 말하는 거야.

절망은 너무나 무거워서
네 안에서 그걸 버리지 않으면
네가 원하는 그곳으로 갈 수 없어.
무거운 절망은 버리고 가벼운 희망만 마음에 담자.

별이 언제나 우리를 바라보는 것처럼,
희망도 늘 너를 바라보며
언제든 안길 준비를 하고 있으니까.
네가 강력하게 원하면,
희망은 지금이라도 달려갈 거야.

한 사람을 믿는다는 것의
소중함

어린 왕자와 제제가 함께 길을 걷다가
돈을 구걸하는 노숙자를 발견한다.
어린 왕자는 주머니에서 돈을 꺼내 노숙자 앞에 놓인 통에 넣는다.
"저런 사람 중에 멀쩡하게 잘 살고 있는 사람이 많다고 하던데."
만류하는 제제에게 어린 왕자는 이런 이야기를 들려준다.

자주 배신을 당하고 아픔을 겪는 사람에게
흔히 "너는 참 사람 보는 눈이 없다"라고 말하지.
하지만 나는 이렇게 고쳐 말하고 싶어.
"모두가 외면하지만, 한 번 더 믿는 사람."

믿을 수 없는 사람을 믿는 게 진짜 믿음이다.
신용은 믿을 수 있는 사람을 믿는 것이고,
신뢰는 믿을 수 없는 사람을 믿는 것이다.
우리는 최대한 서로를 신뢰해야 한다.
물론 잘못된 믿음은 한 사람의 삶을 망가뜨리기도 한다.
나를 배신할 수도,

열심히 했지만 실패할 수도 있기 때문이다.

우리는 배신과 실패를 감당할 힘을 길러야 한다.

그 이유는 간단하다.

'한 번 더 믿기 위해.'

'한 번 더 기회를 주기 위해.'

이 세상에는 가능성은 많지만,

기회가 주어지지 않아 시도조차 못하는 사람이 많다.

그들이 되도록 많은 기회를 손에 쥐게 하고 싶다면 믿어야 한다.

결국 우리가 열심히 사는 이유도 거기에 있다.

배신과 실패를 감당하기 위해

나를 더 강하게 만들고,

여러 차례의 고통에도 쓰러지지 않는 내면과

최소한의 물질적인 여유를 갖추기 위해 분투하는 것이다.

언제든 웃으며 배신당할 수 있게,

언제든 그의 실패에도 박수치며 응원할 수 있게,

언제든 한 번 더 그를 믿을 수 있는 내가 될 수 있게.

그 아픔이 아무리 크다고 한들

"한 사람을 믿는 것은

한 세상을 살리는 일이니까."

제제와 어린 왕자,
행복은 마음껏 부르는 거야

나를 미워하는 사람에게서
벗어나기

"나를 두고 나쁘게 말하는 사람이 많아"라며
고민을 털어놓는 제제.
어린 왕자는 한참을 사색하다가 입을 열었다.

'저 사람이 안 좋은 소문을 내고 다니면 어쩌지?
앞으로 내가 어떻게 처신해야 하는 걸까?'
어떤 일을 계기로 관계가 악화되면,
나를 미워하는 사람을 보며 이런 생각을 하게 되지.
"제제, 너도 잘 알겠지만 사람들이 모이면 잡음이 끊이지 않지.
걱정은 그때부터 시작되는 거야.
'저 사람을 달래야 하나?'
'사람들에게 나는 그런 사람이 아니라고 미리 말할까?'
수많은 고민이 결국 우리를 잠들지 못하게 하지."

하지만 나는 근사한 사실 하나를 알고 있어.
"나를 좋아하는 사람 몇 명은
내 삶을 아름답게 바꿀 수 있지만,

나를 미워하는 사람 몇 명은
절대로 내 삶에 영향을 줄 수 없다."

좋은 마음은 끝없이 멀리 퍼지지만,
나쁜 마음은 시작하자마자 힘을 잃어.
타인을 향한 비난과 분노에는
앞으로 나아갈 힘이 없기 때문이지.

이제 걱정은 멈추고,
나를 미워하는 사람은 그대로 두자.
그리고 사랑하는 사람을 더 많이 생각하자.
우리의 사랑이 그들의 미움을 사라지게 할 수 있게,
곁에서 나를 지켜주는 사람을 조금 더 사랑하자.

미움은 우리를 멈추게 하지만,
사랑은 앞으로 더 나아가게 하니까.
그렇게 영원히, 아름답게 빛나니까.

제제와 어린 왕자,
행복은 마음껏 부르는 거야

 당신에게 나는 어떤 존재인가요

지금 여기 누가
울고 있다

겨울 풍경을 바라보는 건 참 근사한 일이야.
더구나 이렇게 따뜻한 열차에 앉아
차창 밖으로 보이는 풍경을 바라보는 일은,
'내가 살아 있구나!'라는 느낌을 주기에 충분하지.
하지만 눈에 보이는 게 전부는 아니야.

제제, 아까부터 바람 소리가 나지 않았니?
달리는 열차에 제 몸을 던지는 허공이
산산이 부서지는 해체의 고통을 참지 못해
유리창 밖으로 '휘이잉' 소리를 내며
지울 수 없는 아픔을 알리고 사라지지.
그럴 때마다 나는 가끔 생각해.
차창 밖을 그저 눈으로만 바라보며
아름다운 풍경만 가득하다고 믿는 어리석은 내게,
작은 개미 한 마리라도 다가와 어디든 깨물어주기를.
'휘이잉' 아프게 사라지는 그의 고통을 조금이라도 느끼고 싶어서.

남몰래 흘리는 너의 눈물,
내가 안다고 말하고 싶으니까.

아름다운 건 누구나 쉽게 알 수 있어.
아름다움은 스스로 자신을 빛낼 줄 아니까.
하지만 고통과 슬픔은 전혀 달라.
그래서 고통과 슬픔이 서로 경쟁을 하는 게 아닐까?
"너보다 내가 더 힘들었어."
"그 정도는 약과야. 나는 더 슬펐어."

제제와 어린 왕자,
행복은 마음껏 부르는 거야

우리가 자신의 고통이 가장 크다고 느끼는 것은,
두꺼운 유리창 하나를 사이에 두고 타인을 바라보기 때문 아닐까?
설원의 풍경은 그림처럼 아름다워도
눈보라를 뒤집어쓴 쓸쓸한 한 그루 나무가
뼈 시린 고통에 울고 있다는 것은 모르기 때문 아닐까?
지금 여기 누가 울고 있다.
남몰래 울며 지나간다.
사라진다.

그런 사람을
만나고 싶다

오랜 여행을 마치고 돌아온 제제가 갑자기 나타나 이렇게 외쳤다.
"맙소사! 어떤 사람들에겐 산다는 게 왜 이렇게 힘든 걸까?"
그가 여행을 떠나 있는 동안 좋아하는 사람의 자식이 병으로
세상을 떠난 것이었다.
눈물을 흘리며 제제는 아픈 마음을 이렇게 표현했다.
"그 사람, 요즘 이상하게 천천히 걷더라.
그 이유가 혹시 자식에 대한 그리움 때문은 아닐까?
위로하고 싶은데 적당한 표현이 생각나지 않아.
정말 힘들고 아플 텐데……."

"마음이 아프다"고 말하면,
"너만 아픈 거 아니야"라는 말보다는
나의 따뜻한 손으로 그의 차가운 손을 꼭 잡아주며
"내가 있잖아"라고 말해주는 사람이 되자.

"너의 꿈은 뭐야?"라는 질문에,
사랑스러운 눈빛으로 바라보면서

"네 꿈이 이루어지는 걸 보는 게 바로 내 꿈이야"라며
세상에서 가장 근사한 웃음을 짓는 사람이 되자.

"사람들이 나를 자꾸 힘들게 해"라는 말에,
조용히 다가가
"나는 너를 힘들게 하지 않을 거야, 내게 기대"라고 말하며
기대어 쉴 듬직한 어깨를 내어주는 사람이 되자.

많은 사람들이 이것을 원하지.
"나도 그런 사람을 만나고 싶다.
따뜻한 손으로,
사랑스러운 눈빛으로,
듬직한 어깨로 나를 지켜주는 사람을 만나고 싶다."

이렇게 생각하는 건 어떨까?
"내가 그런 사람이 되고 싶다.
차가운 손으로,
불안한 눈빛으로,
잔뜩 움츠린 어깨로 작은 바람에도 흔들리는
힘든 사람을 지켜줄 수 있는 내가 되고 싶다.
너에게 그런 사람이 되고 싶다."

비난에 웃으며
대처하는 법

'저 사람은 왜 나를 함부로 비난할까?'

'나를 본 적도 없으면서 함부로 판단하고 재단하네!'

이런 고민으로 많은 시간을 소비하는 사람을 자주 본다.

내가 들려줄 말은 딱 하나다.

"상대는 당신을 함부로 비난하는데,

당신은 왜 정성을 다해 고민하는가?"

비난은 언제나 함부로 남발하게 된다.

많은 사색에서 나온 지혜가 아니기 때문이다.

당연히 그에게는 당신에 대한 애정도 없다.

그렇다면 답은 간단하다.

그가 함부로 비난을 보낸 것처럼

그대도 진지하게 생각하거나 정성을 다해 고민하지 말고,

그의 비난을 함부로 스쳐보내라.

정성을 다해준 것에 보답하기도 부족한 인생을,
내게 함부로 하는 사람을 생각하는 데 소비하지 말자.

"함부로 날린 비난은
그것을 담은 마음에 상처를 내지만,
귀한 마음을 담아 날린 꽃씨는
그것을 담은 마음에 향기로운 꽃을 피운다.
마음에 꽃씨만 담자."

우리, 먼저
마음을 열자

"만나고 싶은 사람이 있어서
정말 많은 편지를 보냈지만,
그는 내게 전혀 반응을 보이지 않아.
내 정성을 무시하는 걸까?"
그 사람이 누군데?
아니야, 누군지는 전혀 중요하지 않아.
사람의 마음을 움직이는 건,
결국 그 사람을 향한 마음이니까.

나도 가끔 누군가에게 만나고 싶다는,
혹은 어떤 모임에 가입하라는 제안을 받곤 해.
고맙지. 날 찾아주고 알아주는 거니까.
그런데 안타까운 마음이 들 때가 있어.
그들의 메시지는 내 마음을 조금도 열지 못하거든.

이유가 뭘까?
그저 만나고 싶다는 마음,
가까이 다가가고 싶다는 욕심만 가득하기 때문이야.

누군가의 마음을 열고 싶다면
우선 마음을 다해 그를 생각해야 해.
지겹다는 생각이 들 정도로 간절하게,
그러나 처음 만나는 사람처럼 설레는 마음으로.

사람의 마음을 여는 한 줄은 그렇게 탄생해.
마음의 언어로 편지를 써봐.
네가 원하는 그의 마음을 안을 수 있을 때까지.
그럼 그가 너를 찾아올 거야.
어떻게 알고 찾아오냐고?
간단해.
진실한 마음은 태양 앞에서도 빛나는 법이니까.

내가 하나 믿는 게 있어.
"입이 아닌 마음으로 대화를 나눌 수 있다는 것."
서로 말이 자주 오가지 않아도
마음의 문턱은 이미 닳고 닳았지.
말의 문턱은 눈에 보이지만,

마음의 문턱은 보이지 않지.
"정말 소중한 거니까."

마음의 손을 잡고,
마음의 언어를 전하면
서로를 원하는 느낌을 간직하게 되지.
말이 아닌 마음으로 전해지는 아련한 감정,
느껴본 사람만 알지.
말보다 진한 언어가 존재한다는 근사한 사실을.

마음을 열어, 그게 전부야.

제제와 어린 왕자,
행복은 마음껏 부르는 거야

낮은 자존감을
극복하려는 너에게

"나는 일을 즐기며 하려고 노력해.
요즘에는 감자를 심고 정성을 들여 키우고 있지.
친구들과 함께 시작했는데, 그 일이 참 즐거워.
운동도 열심히 하면서 일도 하고 있어."

그래, 제제. 그런데 왜 네 표정이 밝지 않을까?
"아니야, 그럴 리가 없지.
나는 친구들의 감자가 내가 키운 감자보다
더 멋지게 자라도 그들을 응원할 거야. 경쟁하고 싶지 않거든."

지금 네 말에는 모순이 있어, 알고 있니?
'키운다'라는 말은 오만한 거야.
네가 감자를 위해 할 수 있는 건
비가 너무 오지 않으면 가끔 물을 주는 것 정도겠지.
감자가 성장하기 위해 필요한 99% 정도의 조건은
자연이 주고 있으니까.
문제는 그게 전부가 아니야.

너는 경쟁하지 않는다고 했는데,
왜 친구들의 감자를 생각하는 거야?
그 일을 그대로 즐기는 사람은 지금 현재,
그러니까 나의 소중한 것만 바라보며 아낌없이 사랑을 주거든.
이런 상태에서 하는 운동은
결국 스트레스를 푸는 정도의 역할만 할 수 있지.

이렇게 생각하는 게 좋아.
"내 생각에는 강력한 힘이 있다.
별이 하늘에서 떨어진 이유는,
한마디로 말하면 '내가 원해서'다."
한 사람이 성취한 거라고 믿을 수 없을 정도의
위대한 결과를 낸 대문호 괴테의 말이야.
강한 자존감의 소유자였던 그의 삶은
우리에게 이렇게 말하지.
'사람은 자신이 품은 생각의 크기만큼 성취한다.'
이 험한 세상에서 흔들리지 않고 살아가기 위해서는,
'내가 원하면 하늘의 별도 떨어지게 만들 수 있다'는
강력한 생각의 힘으로 세상을 상대해야 해.
나라의 수준이 낮다고 불평하지 말고,
'내가 이 나라의 수준을 몇 단계 끌어올리겠다'는
강력한 생각으로 일상을 경영해야 하는 거지.

적당한 수준의 생각으로는
낮은 자존감을 극복할 수 없어.
적당한 수준의 생각에는
그럴 만한 힘이 없기 때문이야.
오늘 가진 내 자존감의 두께는
어제까지 내가 한 생각의 크기가 결정해.

생각은 연약한 자존감을 강하게 할
가장 쉽고 현명한 방법이야.
지금 이 순간에도
그 기회가 너를 스쳐지나고 있어.
자존감의 두께를 바꿀 수 있는
근사한 기회를 놓치지 마.

"기회는 하늘이 내리지만,
붙잡는 건 나의 몫이다.
햇살은 하늘이 내리지만,
빛나는 건 나의 몫이다.
나는 나를 빛낼 수 있다."

누군가를 미워할
용기가 필요해

"나도 가끔은 누군가를 미워하는 마음을 품게 돼.
어쩌지? 이런 마음은 나를 망가뜨릴 텐데."
제제, 아니야.
그건 정말 자연스러운 모습이야.
우리가 고통에 빠지는 이유가 뭘까?
내가 진정으로 원하는 삶과
실제로 내가 사는 삶이 일치하지 않기 때문이지.
이유가 뭘까?
내 감정에 솔직하지 않기 때문이야.

"저는 괜찮습니다."
"에이, 다들 그러니까요. 이해합니다."
언제나 모든 상황과 사람을 이해하는,
평생 화를 내지 않을 듯해 보이는 사람이 있어.
그렇다고 그가 늘 행복할까?

"아, 무슨 말인지 알겠어.

난 원래 아주 착한 아이인데
남의 사생활에 간섭하는 수다쟁이를 보면
참지 못하는 버릇이 있다고.
물론 나는 사람들이 내 이야기를 할 때가 좋아.
하지만 그게 간섭이 될 때 분노하지."

괜찮아, 아주 자연스러운 감정이니까.
세상에 미움을 느끼지 못하는 사람은 없어.
자기 마음을 표현하지 못하는 사람만 존재할 뿐이야.
미운 사람을 밉다고 말하지 못하고,
자기 감정을 표출하지 않으면 속이 썩지.
당장은 착한 사람처럼 보일 수 있지만,
고통이 한쪽에 오래 머물면 결국 곪아.
하나 묻자.
"네가 원하는 삶은,
착한 사람처럼 보이는 거니?"

미움받을 용기도 필요하지만,
미워할 용기도 필요해.
모두를 사랑할 수도 없고,
모두의 의견을 받아들일 수도 없으니까.
또 굳이 그럴 필요도 없어.

제제는 다시 어린 왕자에게 물었다.
"맞아, 그런데 내게 아픔이란 가슴 전체가 모두 아린 그런 거였어.
아무에게도 비밀을 말하지 못한 채
모든 것을 가슴속에 간직하고 죽어야 하는 그런 것이었지.
그 답답한 마음을 어떻게 풀 수 있을까?"

좋은 방법이 하나 있지.
의식 수준이 높은 세상의 대가들은
미움 등 부정적인 감정이 생기면
그걸 자기가 가장 잘하는 일에 연결해서 표현하곤 해.
음악과 글, 춤, 때로는 철학으로 말이야.

밉다고, 싫다고 직접 말하라는 것이 아니야.
분노를 표출하는 건 해결 방법이 아니니까.
자신이 가장 잘하는 취미나 일에 연결해서
미움의 감정을 창조적으로 표현하는 거야.
어때, 멋지지 않니?

마음을 콕 찌르는
아픈 말을 잘하는 사람에게서는
반대로 사랑받는 비결을,
가능성을 짓눌러

꿈을 이루지 못하게 하는 사람에게서는
반대로 재능을 키우는 비결을 발견해서
그것을 너의 취미와 일에 연결하는 거야.

좋은 사람인 것처럼 보이려고 하지 말고,
분노를 참으려고 하지도 말고
너에게 도움이 되게 받아들여.

아무것도 버리지 말자.
생각하는 사람에게는
미움도 자본이야.

평생 봄을
즐기는 방법

참 이상하지?
긴 시간 열심히 고생한 대가로
"이제 좀 살 만하다"라고 말할 정도가 되면
꼭 몸이 아프거나,
주변에 무슨 일이 일어나거나,
예상하지 못한 상황에 빠지게 된다.
안타깝지만, 그게 결국 인생이다.

살 만한 나날을 위해
조금 괜찮아 보이는 직장으로,
선진국 혹은 후진국으로
이직도 하고 이민도 가지만,
결국 누군가의 "이제 살 만하니?"라는 질문에는
다시 예전처럼 답답한 표정으로,
"나야, 여전하지, 뭐"라고 답할 수밖에 없다.
아무리 멀리 떠나도,
아무리 오래 기다려도 마찬가지다.

당신에게 나는 어떤 존재인가요

결국 답은 하나다.
지금 이 순간 내게 주어진 환경에 만족하는 것.
지금 여기에 만족할 수 없는 사람은
어떤 상황에 놓여도
더 나은 환경과 조건을 따지며
스스로를 불행하게 하니까.

가장 젊은 날과 건강한 날은 바로 지금이다.
무언가를 시작할 수 있는
가장 좋은 순간도 지금이다.
오늘이 내 인생의 봄이고,
꽃은 세상을 바라보는 내 안에 존재한다.

내면이라는 대지에 꽃을 키우는 사람은
평생 근사한 봄을 즐길 수 있다.
세상의 봄은 짧지만, 내면의 봄은 끝이 없다.

그러니 그대여,
내 안에서 아름답게 피어나는 꽃을 바라보자.
"오늘도 참 살 만하다.
사라지지 않는 봄날이 내 안에 있으니까."

제제와 어린 왕자,
행복은 마음껏 부르는 거야

3

왜 빨리
철이 들어야 하죠

보내야
만날 수 있어

어느 화창한 오후,
제제가 어린 왕자의 어깨에 머리를 기대고 앉았다.
"뭘 기다리고 있니?"
"하늘에 아주 예쁜 구름이 하나 지나가는 것."
"뭘 하게?"
"내 작은 새를 풀어주려고."
"그래, 풀어줘. 더 이상 새는 필요 없어."

사람들은 늘 같은 이야기를 하지.
사진을 찍는 모습도, 바라보는 풍경도,
말하는 주제도, 생각하는 방향도 늘 같아.
작은 새를 가슴에 품고,
그것만이 세상이라고 믿는 거야.

제제와 어린 왕자,
행복은 마음껏 부르는 거야

하지만 나는 황홀한 감정을 느껴.
늘 우측 하단에서만 얼굴 사진을 찍던 사람이,
늘 정치 문제에 대해서만 이야기하던 사람이,
늘 자기 아이 이야기와 사진만 SNS에 올리던 사람이,
다른 곳으로 눈을 돌려 새로운 것을 바라볼 때 말이야.

우리 가슴에 품은 작은 새를 떠나보내자.
저 푸른 하늘을 날아갈 수 있게 말이야.
대신, 이 넓은 세상을 품자.

떠나보내야 만날 수 있어.
이토록 신비한 세상을.

왜 빨리 철이 들어야 하죠

우리는 원하는 마음을
선택할 수 있어

"어린 왕자야, 성의는 고맙지만 싫어.
그래, 맞아. 돈이 정말로 필요하니까 크리스마스에도
일을 하는 거야.
하지만 이렇게 그냥 주는 돈은 받고 싶지 않아."
어린 왕자는 모두가 즐겁게 시간을 보내는 크리스마스에도
열심히 일하는 제제의 모습이 안쓰러워 약간의 돈을 건넸지만
그는 단칼에 거절했다.
가난은 쉽게 사라지지 않고 그를 괴롭혔다.
그리고 그는 자신의 인생에서 남의 마음을 가장 아프게 하는 말을
꺼냈다.
"엄마, 난 태어나지 말아야 했어요.
내 풍선처럼 되어야만 했어요."

어린 왕자는 너무 마음이 아파 부담이 되지 않을 정도의 돈을
다시 건넸다.
얼마 후 제제는 기쁜 목소리로 어린 왕자에게 이렇게 말했다.
"네가 준 돈으로 산 생크림 빵을 소중한 친구와 나눠 먹었어.

네 덕분이야, 고마워."
제제는 작은 것에도 감사할 줄 아는 아이다.
하지만 환경은 좀처럼 나아지지 않았고,
그를 냉대하는 어른들의 모습도 달라지지 않았다.
그럼에도 제제는 천사 같은 마음을 버리지 않았다.

사는 게 그렇게 힘이 들면서,
어떻게 그런 고운 마음을 간직하고 있는 걸까?
세상과 사람을 향한 미움이 늘 그를 유혹할 텐데.
제제에게 물었다.
"천사라고 부르고 싶어, 너를.
너의 그 아름다운 마음은 어디에서 시작하는 거니?"

"착하게 혹은 나쁘게 태어나는 사람은 없는 것 같아.
맞아, 나 정말 사는 게 쉽지 않아.
그래서 더욱 이 마음을 버리고 싶지 않아.
세상을 아름답게 바라보려는 이 마음을 버리면
다시는 돌아올 수 없을 것 같아서.
그래서 꼭 붙잡고 있는 거야."

마음은 간직하는 거야.
우리는 누구든 마음을 선택할 수 있어.

내가 원하면 아름다운 마음은 나의 것이 되지.
"아름다운 마음을 선택하면
네가 바라보는 모든 곳이 천국이 돼."

힘들어도
내 인생이니까

제제와 어린 왕자,

행복은 마음껏 부르는 거야

스무 살이 되면 세상을 다 가질 수 있을 줄 알았다.
서른이 되면 어른이 될 거라 믿었다.
마흔을 통과한 세월은 안정을 줄 거라 생각했다.
세월이 그리고 일상을 버틴 경험이 쌓여,
남은 내 삶을 두렵지 않게 해줄 거라 믿었다.

하지만 인생은 여전히 힘들고 두렵다.
눈앞은 여전히 흐리고,
지친 두 발은 자꾸만 멈추려고 하고,
좋은 날은 영영 오지 않을 것만 같다.
힘들고 아프고 쓰린 나날만 반복된다.
그러나 나는 오늘도 살아간다.
소유와 안정은 나의 것이 아니지만,
어떤 고통으로도 사그라들지 않는
이 뜨거운 일상만은 오직 나만의 것이므로.

비록 영혼의 키가 작아

삶이라는 자전거 페달에 발이 닿지 않지만,
그러나 나는 끌고 앞으로 나간다.
달릴 수 없다면 끌고 가면 되고,
만날 수 없다면 스쳐도 괜찮다.

끌고 나가도,
잠시 스쳐도,
그게 나의 인생이니까.

내 심장은 여전히 이렇게 세차게 뛰고 있으니까.
간절하게 나은 내일을 꿈꾸고 있으니까.
"세상이 기회를 주지 않으면
내가 내게 주면 되니까."

좋은 날은
반드시 온다

현실은 냉혹해서
언제나 우리에게 감당하기 힘든 문제를 준다.

아무리 승승장구하던 사람도
몸이 아픈 가족을 돌봐야 하는 문제로
갑자기 경제 활동을 멈춰야 하는 때가 올 수 있고,

맞벌이를 하느라 아이에게 신경을 쓰지 못한 문제로
눈물을 흘리며 사표를 내야 하는 때가 올 수도,

온갖 어쩔 수 없는 이유로
몇 년 동안 준비한 일을
포기해야 하는 순간이 올 수도 있다.

그 고통의 순간을 이겨낼 힘은
오직 자존감 안에 존재한다.
하지만 우리는 자주,

제제와 어린 왕자,
행복은 마음껏 부르는 거야

많은 돈과 거대한 꿈의 실현이
자존감과 직결된다고 착각한다.

경제 활동을 지속하지 못하고,
오랜 시간 준비한 꿈을 포기해야 한다는 이유로
중심을 잡고 있던 자존감이 흔들린다면
그건 진정한 자존감이 아니었을 확률이 높다.

강한 자존감의 소유자는
언제든 다음을 기약할 여유를 갖고 있다.
정말 배우고 싶은 분야이지만
돈이 없다는 현실적인 문제로 멈춰야만 할 때,
그는 잠시 멈출 뿐 포기하지는 않는다.
환경을 탓하지도,
주변을 비난하지도 않는다.
열정과 꿈을 마음속 주머니에 넣어놓고,
더 좋은 내일을 기약한다.

잠시 멈춰 서 있는 그대여,
그대를 위한 좋은 날은 온다.
그대가 그대 자신만 믿고 있다면
좋은 기회는 반드시 그대를 찾아올 것이다.
"그대는 꼭 된다."

주변을 좋은 사람으로
가득 채우기

"좋은 사람을 만나고 싶어.
내 주변엔 왜 좋은 사람이 없을까?"
제제, 그건 매우 간단해.
미안하지만 일단 네가 좋은 사람이 아니기 때문이지.
네가 좋은 사람이라면 주변에 좋은 사람이 모일 거야.
그리고 좋은 사람을 골라내는 안목도 가질 수 있을 테지.

"어떻게 하면 좋은 사람이 될 수 있을까?"
늘 그렇지만 진리는 매우 단순하고, 원리도 간단하지.
내가 항상 말하잖아.

"네 장미꽃을 그렇게 소중하게 만든 것은,
그 꽃을 위해 네가 소비한 시간이야."
중요한 건 결과가 아니라 과정이란 말이야.
과정을 볼 줄 아는 사람은 좋은 사람일 가능성이 매우 크지.
모든 생명과 물체의 가능성과 본질을 볼 줄 아는 사람이니까.

물론 과정을 본다는 것이 쉬운 일은 아니야.

"가장 소중한 것은 눈에 보이지 않는 법이니까."

결과는 눈에 보이지만 과정은 보이지 않아.

그래서 결과보다 과정이 중요하지.

눈에 보이는 건 누구나 알 수 있지만,

보이지 않는 것을 볼 수 있는 사람은 흔하지 않거든.

그 사람의 현재가 아닌 살아온 과정을 보려고 노력해봐.

책을 읽을 때에도 권수에 집착하는 건 그렇게 좋은 방식이 아니야.

결과에 집착한다는 증거니까.

모든 게 마찬가지야.

독서도 책을 다 읽었다는 그 자체가 중요한 건 아니지.

어떤 내용을 어떤 관점에서 읽어서,

그 지식이 내면에 어떤 영향을 끼쳤는지가 중요하잖아.

그게 바로 과정이지.

과정은 흐름이고, 결과는 멈춰 있는 점이야.

멈춰 있는 물체에서 우리는 무엇도 발견할 수 없지.

자신을 개선시켜가며 더 나은 사람으로 만드는 사람은,

강물처럼 멈추지 않고 흘러가며 그 과정을 느끼지.

그렇게 과정을 아는 사람이 되었다면

이제 세상을 향해 좋은 사람을 부르는 거야.

주변에 좋은 사람이 없는 것 같겠지만, 그렇지 않아.
별도 마찬가지야.
우리는 너무 쉽게,
"별이 보이지 않아"라고 말하는 게 아닐까?
별은 언제나 같은 자리에서 빛나고 있는데,
단순히 내 눈에 보이지 않는다는 이유로
없는 존재로 만들어버리는 건 아닐까?
네가 좋은 마음으로 바라보면
별처럼 빛나는 수많은 사람이 네게 안길 거야.

내 마음이
편해야 한다

늘어가는 부모님을 공경하며 부양하는 것은
자식으로서 반드시 해야 할 도리다.
하지만 슬픈 결말이 보이는 나쁜 선택 앞에서
무조건 옹호할 의무는 없다.

오랜 시간 만난 지인의 가능성을 믿는 것은
인간으로서 반드시 해야 할 도리다.
하지만 나를 무작정 미워하고 비난하는 사람을
무조건 믿고 신뢰할 수는 없다.

일을 향한 뜨거운 열정과 고된 운동의 반복은
부지런한 삶을 위해 반드시 해야 할 도리다.
하지만 몸이 아프거나 힘든 시간 앞에서
무조건 해야 할 의무는 없다.

의무와 도리 사이에서 우리는 방황한다.
'그래, 이 정도는 내가 해야지'라는 생각에,
제대로 선택하지 못한 대가는 참혹하다.

나만 망하는 게 아니라,
서로에게 최악의 결과를 불러오기 때문이다.

존경하는 부모님의 선택을 막고,
믿었던 지인의 무리한 요구에 "노"라고 외치며,
지친 몸에 최대한 휴식을 허락해야 할 때가 있다.
때를 놓치면 영원히 불행해질 수도 있다.

산다는 것은 힘든 선택의 연속이다.
우리는 수많은 관계 속에 얽히고설킨
많은 도리와 의무 사이에서 방황하며 산다.
그럴 땐 반드시 기억하자.

몸은 다쳐도 고칠 수 있지만,
마음은 그렇게 하기 힘들다.
다친 몸은 시간이 지나면 잊고 지낼 수 있지만,
아픈 마음은 평생을 안고 살아야 한다.

"내 마음이 불편하면
내 삶도 불편해진다."

누군가의 손을
잡는다는 것은

"나, 이제는 그 사람 손을 잡을 수 없을 것 같아.
믿고, 응원하고, 기대했는데 실망만 하게 되네.
이제는 놓아줘야 할 때인 것 같아."
제제, 지구에서의 내 마지막 모습을 기억하니?
마치 한 그루 나무처럼 아주 천천히 쓰러졌지.
누구나 마찬가지야.
한 사람의 인생은 마치 나무처럼 견고하게 차곡차곡 쌓아온
작품과 같아.
그래서 그 사람을 제대로 알기 위해서는 아주 천천히 다가가야 해.
내가 누군가를 더 알기 위해 천천히 쓰러진 것처럼 말이야.
"천천히 다가가야 완벽히 이해할 수 있어."
세상에서 가장 깨끗한 흙과
세상에서 가장 맑은 물도
서로 만나면 결국 진흙탕이 되지.
사람이 사람을 알아간다는 것,
서로를 이해한다는 것은 그토록 어렵고 어려워.

한 사람의 존재는
그가 지금껏 살아온 삶의 결론이고,
우린 모두 이미 결론을 내린 삶을
살고 있는 사람들이야.
그래서 서로를 이해하고 하나가 되기가 힘들지.

맑은 마음으로 다가서도
더러운 진흙탕이 되기 때문이야.
중요한 건 멈추지 않는 거야.
뜨겁게 잡은 손을 놓지 않는 거야.

세상은 내 마음대로 되지 않을 수도 있어.
내 사랑이 오해받을 수도, 내 진심이 왜곡될 수도,
내 손이 더러워질 수도 있지.
그래도 멈추지 말고 손을 내밀자.

응원이 필요한 사람도 정작 응원을 전하면
힘이 생긴 후 등을 돌리고 나를 누를 수 있어.
그래도 아낌없이 그를 응원하자.

사랑이 필요한 사람도 정작 사랑을 전하면
요구만 커질 수 있어.

제제와 어린 왕자,
행복은 마음껏 부르는 거야

그래도 아낌없이 그를 사랑하자.

누군가의 손을 잡는다는 것은 그런 거니까.
마음이 전해질 때까지 놓지 않는 거니까.
상처가 생겨도 안고 가는 거니까.
우리 잡은 손이 하나가 될 때까지
그 사람을 내 삶에 초대하는 거니까.

"손을 잡는다는 건,
그 사람을 내 삶에 초대하는 거니까."

네가 보내는 이 순간은
정말 소중해

"어린 왕자야, 나 고민이 있어.

자꾸 주변 사람을 의식하고 기웃거리게 돼.

시작한 일은 언제나 끝을 내지도 못하고.

나는 왜 되는 일이 하나도 없을까?"

제제, 저기 있는 개미를 좀 볼래?

수많은 개미가 꼬리에 꼬리를 물고 어딘가로 열심히 가고 있지.

중간에 거대한 돌과 마주쳐도,

웅덩이가 가로막아도

개미는 우왕좌왕하거나 헤매지 않고

아무 일도 없다는 듯 가던 길을 가지.

그 이유가 뭘까?

"목적지가 분명한 사람은 주변을 의식하지 않아.

당연히 한번 시작한 일은 언제나 최선을 다해 끝을 내지.

네가 되는 일이 하나도 없는 이유는,

목적지를 정하지 않고 그냥 남들만 따라 걸었기 때문이야.

'하는 일'이 없으니 '되는 일'이 없는 거지."

간혹 잘 다니던 직장에 사표를 내거나,
남들은 가고 싶어 난리인 대학을 중간에 그만두는 사람이 있지.
그 사람들의 표정을 본 적 있니?
그들은 불안한 표정을 짓거나 겁먹지 않아.
"그래도 괜찮겠어?"라는 사람들의 걱정 앞에서도 당당하고,
"이렇게 살아도 될까?"라는 고민에 빠져 아까운 시간을
낭비하지도 않지.
이유는 단 하나야.
자신이 가고 싶은 길이 있으니까.
남들이 볼 땐 어려운 선택 같지만,
그들에게는 매우 간단하고 쉬운 결정이야.

너도 그런 일을 찾아보렴.
남들에게는 힘든 선택이지만,
너에게는 매우 간단한 결정인 것을 말이야.
거기에 바로 네가 가야 할 길이 있으니까.

꿈이 있는 사람은 길이 험하다고 투정 부리지 않아.
그들의 시선은 앞에 놓인 바위가 아니라,
저 앞에 보이는 꿈에 가 있으니까.

멈출 수 있는
용기

나는 잘 멈추는 사람이다.
실컷 힘든 일상을 이야기하다가도
누군가 행복을 말하면 멈추어 듣고,
안 좋은 일이 있어 슬픔에 빠져 있다가도
햇살이 내 앞에 앉으면 멈추고 바라본다.

나는 잘 멈추는 사람이다.
사람에게 배신을 당해 분노하다가도
다른 소중한 사람을 떠올리며 잊고,
하는 일이 잘되지 않아 아파하다가도
내가 지켜야 할 사람의 얼굴을 그리며 잊는다.

지금 어떤 일상을 보내고 있는가?
우리, 고통과 슬픔 앞에서 잠시 쉬자.
휴식은 게으름이 아니라,
멈출 수 있는 자만이 선택할 수 있는 용기다.

스스로 선택한 멈춤은 행복한 멈춤이다.
여기에서 포기하는 게 아니라,
더 큰 내가 되어 다시 출발하겠다는 다짐이다.

우리 여기에서 잠시 쉬자.
멈춤을 걱정하지도, 두려워하지도 말자.
그대의 내일은 누구보다 빛날 테니까.
"스스로 멈출 수 있는 사람은,
언제든 다시 출발할 수 있으니까."

제제와 어린 왕자,
행복은 마음껏 부르는 거야

좋아하는 일을
찾고 싶다는 너에게

"나는 해가 지는 광경이 좋아. 우리 해 지는 걸 보러 가자."
하지만 하늘은 아직 밝다.
어린 왕자는 "해가 지려면 아직 조금 기다려야 해"라고 말한 후,
작은 의자에 앉아 하늘만 바라보고 있다.
얼마나 시간이 지났을까?
어린 왕자가 붉게 물든 하늘을 바라보며 말한다.
좋아하는 일을 찾는다는 건 바로 이런 거야.
아직 때가 되지 않았지만,
보고 싶은 것을 보기 위해
설레는 마음으로 때를 기다리는 거지.
좋아하는 일을 찾지 못했다고 불안해하거나 자책하지 마.
아직 덜 기다린 것뿐이고,
아직 때가 오지 않았을 뿐이니까.
기다리면 해가 지는 것처럼, 너의 때도 반드시 올 거야.
믿음을 가지고 기다리자.

"하지만 그게 나의 때라는 것을 어떻게 구분하지?
그리고 정말 내가 좋아하는 일인지 아닌지
구분하는 건 참 힘든 일이야.
나는 도무지 알 수가 없어."
그래, 제제. 맞아, 참 힘든 일이지.
하지만 방법은 있어.
좋아하는 일을 반복하는 거야.
그럼 잘하는 일이 되니까.
반대로 반복하는 게 지루해진다면
그건 좋아하는 일이 아니라는 증거겠지.

내가 이렇게 같은 자리에 앉아,
해가 지는 모습을 바라보면서도 지루함을 느끼지 않는 이유는
그 광경과 느낌을 좋아하기 때문이지.
그런 것 같아.
누구에게나 자신이 좋아하는 일을 발견하고,
그것에 확신을 가지는 데에는 일정한 시간이 필요해.
당연한 거 아니겠어?
내가 평생을 좋아할 일인데 그 정도의 노력과 시간은 투자해야지.
하나 고백할게.
어느 날은 해가 지는 모습을 마흔네 번이나 본 적이 있어.
정말 좋아하니까.

어때, 내 마음이 느껴지니?

"좋아하는 일을 잘하게 되는 순간을 어떻게 알아챌 수 있지?"
그래, 제제. 그 느낌이 매우 미묘해서 알아차리기가 쉽지 않지.
하지만 일상이 변하기 때문에 이렇게 접근하면
조금 쉽게 알 수 있어.
좋아하는 일을 잘하게 되면
세상이 돌아가는 원리가 눈에 보이게 되지.
저절로 만족을 알게 되고 욕망하지 않고,
절제할 수 있는 의식 수준에 도달하게 돼.
자신에게 필요한 만큼이 어느 정도인지 알게 되기 때문이야.
"무언가를 좋아하고 잘하게 된다는 건,
다른 것을 절제하고 아낄 수 있게 된다는 뜻이야."

소망을 현실로
이루는 주문

사람은 따라온다,
사람을 사랑하는 자에게.

성공은 따라온다,
그 일을 사랑하는 자에게.

행복은 따라온다,
자신의 일상을 사랑하는 자에게.

인맥을 형성하는 기술,
성공을 위한 기술,
행복의 기술,
모든 기술을 배우기에 앞서 충분히 사랑하라.
세상은 그것을 사랑하는 자에게
원하는 모든 것을 주니까.

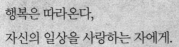

그것을 원하지 말고,
그것을 사랑하라.

나를 지키며
살아가는 법

상대에게 '너무' 잘해주려는 사람은,
필연적으로 상대의 눈치를 보게 된다.
'내가 덜 신경 쓴 건 아닐까?'
'내가 뭘 더 해줘야 하는 게 아닐까?'
'나에게 불만이 있는 건 아닐까?'
이런 식의 고민에 빠지기 때문이다.

모든 일에는 순서가 있다.
먼저 자신이 해야 할 것을 기억해야 한다.
자신에게 집중하라.
세상에서 가장 강하고 멋진 인생은,
자기 자신에게 가장 근사한 것을 주는 사람이
도움이 필요한 누군가의 손을 잡을 때 시작된다.

남을 도와주는 일도
내가 먼저 바로 선 후에야 비로소 가능하다.
작은 바람에도 흔들리는 사람은,

태풍 속으로 들어가 누군가의 손을 잡아줄 수 없다.
자신이 없기 때문에 자꾸만 타인의 눈치를 보며,
더 잘해줘야 한다는 오류에 빠지게 된다.

내가 바로 서야 한다.
세상에 나를 추천할 수 있어야 한다.
그래야 더 믿음직한 손을 내밀 수 있다.
"나를 지키며 살 수 있다."

제제와 어린 왕자,
행복은 마음껏 부르는 거야

4

사랑해요,
당신이 나를 생각하지 않는
시간에도

나를 믿어주는
한 사람

"난 절대로 그의 곁을 떠나고 싶지 않아."
어린 왕자는 제제가 말하는 '그'가 누군지 묻지 않았다.
사람이 아닌, 감정이 더 중요하다고 생각했기 때문이다.
이유를 묻자, 제제는 이렇게 답했다.
"그가 세상에서 가장 좋은 사람이니까.
같이 있으면 아무도 나를 괴롭히지 않아.
생각만으로도 내 가슴속에 행복의 태양이 빛나는 것 같아.
그는 나의 존재를 믿는 사람이야."

결국 믿음이야.
그 사람만 보일 때가 있지.
나는 그걸 '인연'이라고 불러.
수많은 사람이 가득해도,
유독 한 사람만 보이는 현상.
눈에서 사라지지 않는 그 사람.

온갖 기회와 제안,
그리고 도전도 마찬가지야.
셀 수 없을 정도로 많이 도전하지만,
언제나 나를 안아주는 사람은 적지.

하지만 중요한 것은,
"너를 응원해"라고 말하는 사람이 존재한다는 사실이야.
모든 사람이 나를 응원할 수는 없어.
또한 그럴 필요도 없고.

나의 존재를 지지하며
내 의견을 귀담아들어주고,
내일을 기대해주는 단 한 사람만 있다면
삶의 의미는 충분해.

"우리에게 필요한 것은
막대한 돈도, 높은 지위도 아닌,
그저 기대어 울 수 있는
나를 믿어주는 단 한 사람이니까."

제제와 어린 왕자,
행복은 마음껏 부르는 거야

나를 미워하는 사람에게서
사랑 이끌어내기

제제가 힘든 표정으로 어린 왕자에게 물었다.
"나를 미워하는 사람이 있어. 내가 어떻게 하면 좋을까?"
"그 사람을 생각하지 마. 바라보지도 말고,
생각도 하지 않는 게 좋아."

어린 왕자의 의외의 대답에 제제는 이렇게 응수했다.
"사랑하며 살아야 한다고 했잖아?
그런데 왜 그를 바라보지도, 생각하지도 말라는 거야?"
잠시 눈을 감고 생각에 잠겨 있던 어린 왕자가 미소를 지으며
이렇게 답했다.
"그게 가장 큰 사랑이기 때문이지."

관객이 존재하는 장소에서
간혹 이런 생각을 하는 사람들이 있다.
'어디 한번 웃겨보시지. 얼마나 잘하는지 두고 보자.'
'네가 노래를 그렇게 잘한다고? 그래, 내 귀를 얼마나 만족시키나
한번 보자!'

이런 상황에서 무대에 선 사람은 더욱 긴장하게 되고,
자신을 그런 눈으로 바라보는 사람을 응시하며
이렇게 생각하게 된다.
'좋아. 내가 이번 무대에서 당신만큼은 꼭 만족시켜주겠어!'
하지만 이런 식의 대응은 언제나 고통만 남긴다.
이유는 간단하다.
무대 위에 오른 사람의 실력이 아무리 뛰어나도,
자신의 실력을 의심하는 사람을 '경쟁'과 '복수'의 시선으로
바라보면 그 과정도, 끝도 좋지 않기 때문이다.
우리는 기억해야 한다.
"사랑하는 연인에게서 사랑받는 비결을,
싸우는 사람에게서 미움받는 비결을 배울 수 있다."

어린 왕자가 자신을 미워하는 사람을 생각하거나
바라보지 말라고 말하는 이유도 바로 거기에 있다.
그의 마음을 돌리거나 변화시키기 위해서는,
그에게 직접 다가가기보다 사랑하는 모습을 보여주는 게 좋다.
나를 사랑하는 눈빛으로 바라보는 사람들과 눈을 자주
마주쳐라.
그들과 마음으로 사랑을 나누는 모습을 보며,
나를 미워하는 사람들도
사랑하고 사랑받는 비결을 배우게 될 것이다.

아름다운 연인을 만드는
한마디

제제와 어린 왕자,
행복은 마음껏 부르는 거야

남자는 세월이 흘러도
존중받기를 원하고,
여자는 세월이 흘러도
사랑받기를 원한다.
젊을 때보다 힘이 약해지고
경제적인 능력이 조금 떨어져도
그때처럼 존중해주며,
젊을 때보다 외적 매력이 떨어지고
주름이 가득한 모습이라도
그때처럼 사랑을 전하자.

둘 사이에 가장 중요한 건,
무엇과도 바꿀 수 없는 이 귀한 시간을
함께 보내고 있다는 사실이니까.
눈물 나도록 아픈 시간,
끝이 보이지 않는 길을 걷는 시간, 가진 게 사랑밖에 없는 이 시간.
찬란하게 빛나는 시간을 서로 위로하고 아껴주며 보내고 있으니까.

남자를 믿는 여자의 눈빛과
여자를 사랑하는 남자의 눈빛은
서로를 아름답게 하는 가장 큰 재산이다.

서로 상대의 단점을 오래 생각하지 말고
그를 사랑하게 한 장점을 떠올리자.
서로 마음에 깊은 상처를 주지 말고
아름다운 마음에 빠져 행복했던 시절을 떠올리자.

그래도 그가 너무 미워서 견딜 수 없을 때,
'내가 이렇게 참고 지낸 세월을
언제 보답받을 수 있나?'라고 생각하기보다는,
'내가 나중에 보답받으려고
힘들었던 순간을 견딘 건 아니지'라고 생각하자.

그 한마디를 자신에게 던지는 순간,
상대에 대한 미움은 사라지고
앞으로 사랑할 시간이 더욱 소중하게 느껴질 것이다.

한마디 말로 인생도, 사랑도 달라질 수 있다.
모든 선택은 자신의 결정으로 이루어진다.

"보답받으려는 마음은 필연적으로 분노를 부른다.
사랑은 거래가 아니니, 그저 사랑하자.
사랑을 느끼는 그대로 전할 때,
우리의 사랑은 더욱 강해지니까."

사랑하는 사람을
보낸다는 것

"이별이란 뭘까?
누구나 마찬가지겠지만,
익숙한 사람과 이별하는 게 참 힘들어.
소중한 사람과 더 많은 시간을 함께 보내고 싶고,
더 많은 사랑과 행복을 나누고 싶은데,
자꾸만 멀어지니 마음이 아파."
그래, 제제. 네 마음 다 이해해.
수백 명이 나를 기다리고 있어도,
한 사람이 나를 떠날 때 마음 아픈 게 현실이지.
그런데 알고 있니?
"모든 시작은 끝을 허락하는 거야."

하지만 넌 늘 내게 이렇게 말했잖아.
"사람은 자신이 길들인 것에 대해 언제까지나 책임을 져야 하는
거야."
왜 사람들은 자신이 길들인 것에 대해 무책임한 걸까?
최소한의 예의라는 게 있잖아.

그래, 그렇게 말했지. 하지만 나는 또 이렇게 말했잖아.

"누군가에게 길들여진다는 것은 눈물을 흘릴 일이 생길지도
모른다는 거야."

누군가와 익숙해진다는 것은,
그 사람에게 받을 모든 상처를 허락한다는 거야.
상대도 길들인 사람에게 예의를 지켜야 하겠지만,
서로가 서로에게 소중한 존재가 된다는 것은
이별의 고통까지 함께 나눈다는 것을 의미하지.
결국 모두에게 책임이 있는 거야.

"바람이 스쳐 지나가도 머리카락이 흔들리고
파도가 지나가도 바다가 흔들리는데,
하물며 당신이 지나갔는데
나, 흔들리지 않고 어찌 견디겠습니까.

정녕 당신이 아니라면
흔들리는 나를 누가 붙잡아주겠습니까.
대체 어쩌자고 그렇게 사랑스러운 모습으로
당신은 나를 스쳐 지나간 것입니까.

어쩌자고,
나는 당신을 사랑한 겁니까.
도대체 어쩌자고."

그가 내게 준 상처와 고통은 생각하지 말자.
중요한 건, 우리에겐 아직 시간이 남아 있다는 사실이다.
나를 떠난 모든 사람에게 축복을 보내자.
사랑을 시작할 때처럼, 아름답게 보내자.

이런 사람이
되겠습니다

제제와 어린 왕자,
행복은 마음껏 부르는 거야

힘으로 상대를 누르는 사람이 아닌,
해야 할 일을 실천하는 사람을 만나세요.
그는 진실로 강한 사람이 누군지 알려줄 테니까요.

하기 싫은 일을 하면서
언젠가 보답받을 거라 생각하는 사람이 아닌,
지금 하고 싶은 일을 하면서
매일 일상에서 보람을 느끼는 사람을 만나세요.
그는 자유롭게 사는 삶을 알려줄 테니까요.

밝은 낮의 풍경도 물론 좋지만,
까만 밤하늘의 하얀 별을 바라보며
"참 예쁘다"라고 말할 줄 아는 사람을 만나세요.
그는 사소한 행복을 아는 사람이고,
당신에게 필요한 감성을 전해줄 테니까요.

아무리 돈이 많고 지위가 높아도
한숨을 습관처럼 내쉬는 사람이 아닌,
누구보다 밝은 미소로
"참 행복하다"라고 수시로 말하는 사람을 만나세요.
일상이 행복이라는 말을 경험하게 될 테니까요.

누구나 일상의 행복을 즐길 수 있습니다.
그런 사람을 만나고,
그런 일상을 보내며,
자연스럽게 우리도 그런 사람이 될 테니까요.

그대를 행복하게 해줄 수 있고,
진심으로 사랑할 수 있는 사람이 되겠습니다.
"그대가 좋습니다.
사는 게 행복입니다."

나는 빛나기 위해
태어났다

내가 걸어간 만큼이
내 인생의 깊이고,

내가 안아준 만큼이
내 사랑의 온도고,

내가 용서한 만큼이
내 마음의 크기다.

살다 보면 미운 사람도 생기고,
실패의 고통도 겪게 될 것이다.
그래도 걸어라.
삶의 골목에서 만나는 모든 사람을 안아주고,
따뜻하게 손을 잡고 그들의 잘못을 용서하라.

그 순간에는 손해 보는 느낌이 들겠지만,
그대는 용서한 만큼 아름다워지리라.

이해한 만큼 따뜻해지리라.
살아가는 만큼 빛나리라.

기억하라,
그대는 빛나기 위해 태어났다.

우리 서로 사랑하며
살기로 해요

모두에게 좋은 사람은 없어.

'내게 좋은 사람'이 존재할 뿐이지.

그런 사람을 자주 만나면 일상도 저절로 행복해질 거야.

그저 함께 존재한다는 것만으로

표현할 수 없는 벅찬 감정을 느낄 테니까.

"내게 좋은 마음을 줄 사람을 어떻게 알아볼 수 있을까?"

좋은 방법이 하나 있어.

세상에는 사람이 참 많아.

그만큼 서로 닮은 사람도 많지.

재미있는 사실은 누구나 자신을 닮은 사람이 있는데

멋지게 닮은 사람도 있고, 반대로 못나게 닮은 사람도 있다는 거야.

너에게 좋은 마음을 줄 사람은 멋지게 닮은 사람을 말할 거야.

반대로 너에게 안 좋은 마음을 가진 사람은

못나게 닮은 사람을 말할 테지.

같은 장면을 보면서도 우리는 각자의 생각에 빠지지.
외모를 바라보는 것도 마찬가지야.
사소한 부분인 것 같지만 때론 그게 전부이기도 해.
너의 좋은 부분을 발견해주는 사람을 만나.
부정적인 부분은 누구나 쉽게 발견할 수 있지만,
좋은 부분은 숨어 있어서 좋은 마음으로
그것을 발견하려고 노력하는 사람에게만 보이거든.
너의 좋은 부분을 발견했다는 것은,
너에게 좋은 마음을 주고 있다는 증거야.

너무 바쁜 삶은 좋지 않아.
몸이 힘들면 소중한 사람에게 진심을 전할 시간과
여유도 함께 사라지니까.

너무 자신만 생각하며 사는 삶도 좋지 않아.
봉사와 나눔이 주는 행복을 느끼지 못하게 되니까.

심각하게 사는 삶도 좋지 않아.
여유롭게 흘러가는 구름과
피아노 소리처럼 잔잔하게 울려 퍼지는
영롱한 햇살의 소리를 듣지 못하기 때문이지.

우리 너무 바쁘지 않게,
너무 심각하지 않게 세상을 사랑하며 살자.
멀지도, 가깝지도 않은 적당한 거리에서
서로를 뜨겁게 부르자.

서로의 든든한 버팀목이 되어,
우리 서로 소중해지기로 하자.

너를 스친 바람도
글이 된다

생각해본 적 있니?
'왜 사랑은 영원하지 않을까?'
많은 사람들이 변한 사랑에 아파하고 힘들어하잖아.
분명 처음에는 죽을 만큼 사랑했는데,
왜 시간이 지나면 그 마음이 변하는 걸까?

모든 결과에는 반드시 이유가 있어.
사랑도 마찬가지지.
아무리 좋은 것도 한자리에만 두면
썩거나 닳거나 부러지거나 무슨 문제가 생기기 마련이지.
사랑도 그래. 명사로만 존재하면 결국 그 온도를 잃게 되지.

"사랑할 때 쓰는 모든 표현을 명사가 아닌 동사로 바꾸자."
이성과 사람 사이에서만 통용되는 법칙은 아니야.
일과 꿈에 대한 사랑도 마찬가지야.
"선생님이 되고 싶다"는 말보다는
"가르치는 사람이 되고 싶다"는 표현을,

"작가가 되고 싶다"는 말보다는
"생각을 글로 표현하는 사람이 되고 싶다"는 표현을
사용하자는 거지.
그럼 직업에 갇히지 않기 때문에 일상에 자유를 허락할 수 있고,
가능성을 확장할 수 있어.
세상의 모든 것을 그런 식으로 표현해보는 거야.
"사랑한다"는 말보다는
"너를 스친 바람도 내게 소중하다"는 표현이
결국 시와 가사가 되어 사랑하는 사람
혹은 사랑이 그리운 사람의 마음을 사로잡는 거잖아.

너도 가끔 이런 생각을 하지?
"저 사람은 왜 내가 준 만큼 해주지 않을까?"
이런 종류의 비난을 우리가 가슴에 담는 이유는,
마음을 주며 무언가를 기대했기 때문이야.
바람이 그저 우리를 스치듯,
마음은 그냥 주는 거야.
사랑을 주면 그걸로 마음의 일은 끝나는 거니까.
그 자체가 이미 많은 것을 받은 거니까.
상처를 허락하는 마음은 없어.
주고 싶은 것을 줬다면 가볍게 웃으며 떠나자.

바람도 순서가 있다.
그들이 서로 엉키지 않고
지금까지 존재하는 이유는,
서로의 순서를 기다리고 지켰기 때문이다.
"스치는 게 바람의 일인 것처럼,
마음의 일은 주고 떠나는 것이다."

내가 사랑하는
사람

우리는 누구나 가슴에 상처 하나를 품고 산다.
그 상처에서 피가 흐르고 있다는 사실을 알면서도,
마치 아무렇지도 않은 것처럼 웃고 떠든다.
아프면서 아프지 않은 것처럼 산다.

하지만 표현하고 싶은 마음을 참지 못하는 순간이 있다.
내 상처를 이해해주는 따뜻한 글을 만났을 때,
우리는 달려가 이렇게 고마운 마음을 댓글로 남긴다.
"어떻게 제 마음을 아셨나요?"
아픈 상처는 숨길 수 있지만,
따뜻한 마음은 숨길 수 없다.

하늘에도 상처가 있고,
구름도 상처를 안고 산다.
빛이 밝다고 속까지 밝은 건 아니다.
오늘도 우리는 아픈 상처를 안고
두렵고, 떨리는 일상을 살아야 할 것이다.

하지만 행복하게 웃자.
영원히 버릴 수 없는 상처 하나를 안고 살지만,
우리에게는 영원히 사랑할 나 자신이 있으니까.
내가 나를 사랑하는 한,
내 삶의 사랑은 끝나지 않는다.
"내게 내가 있어 참 다행이다."

이별에 아프거나
사는 게 힘들어서,
단순히 외로움을 견디기 위해
사람을 만나지 말자.

갖고 싶은 게 있거나
편하게 살고 싶은 마음에,
단순히 원하는 걸 충족하기 위해
사람을 만나지 말자.

외로워하는 모습을 보면
안아주고 싶은 사람을 만나야 한다.
조금이라도 무언가를 주고 싶은
그런 사람을 만나야 한다.

외로움을 달래주고 싶고
가진 걸 나누고 싶은 사람,
그런 사랑을 곁에 두자.

함께 있으면 참 좋아
모든 것을 다 주고 싶은,

내 마음과 같은 사람.
내 마음과 같은 사랑.

제제와 어린 왕자,
행복은 마음껏 부르는 거야

세상에서 가장
완벽한 사랑

"좋아하는 친구와 어제 크게 다퉜어.
참 이상해. 자꾸 요즘에 싸우게 된단 말이지.
왜 우리는 자꾸 서로에게 화를 내는 걸까?
좋은 마음은 여전한데."
제제, 세상에 모두에게 완벽한 사람은 없어.
그 순간 내게 맞는 사람이 존재할 뿐이지.
처음 누군가와 친구가 된 순간을 떠올려봐.
왜 그와 친구가 된 거야?

"그야 물론 내게 없는 재능이 있기 때문이지.
피아노 연주를 정말 멋지게 하거든.
그런데 하나 문제가 있어.
지금 딱 자전거를 타기 좋은 계절이라
함께 자전거를 타며 시간을 보내고 싶은데,
그 친구는 자전거를 타기만 하면 집에 돌아가자고 해."

맞아, 그게 바로 너희 둘이 다투는 이유야.
피아노를 멋지게 연주하는 장점을 보며 친구가 되었는데,
왜 다른 것을 요구하면서 다투는 거야?

사랑하는 연인에게서는 사랑받는 이유를 알 수 있고,
다투는 연인에게서는 미움받는 이유를 알 수 있지.
처음 그를 만나 좋았던 순간을 떠올려봐.
모든 요구를 만족시키는 사람은 없어.

뜨거운 사랑에 빠진 연인에게
"사랑이 식어 헤어질 때,
힘들지 않겠냐?"고 묻지 마라.

가족을 위해 모든 걸 바친 부모에게
"그 희생을 누가 알아주겠냐?"고 묻지 마라.

예술과 사랑에 빠진 가난한 지망생에게
"예술이 돈이 되느냐?"고 묻지 마라.

묻지 마라.
그대여, 묻지 마라.
그런 바보 같은 질문은 하지 말자.

사랑은 묻는 게 아니다.
그냥, 하는 거다.

사랑을 묻는 자는,
사랑을 모르는 사람이다.

조용히 그러나 뜨겁게,
서서히 그러나 찬란하게,
사랑은 시들거나 사라지지 않고,
우리 가슴에 영원히 살아 있다.

사랑, 영혼에 보내는
귓속말

누구든 사랑으로 바라보면
외모는 사라지고 영혼만 남아.
그래서 나는,
최대한 사랑을 가득 담아 세상을 바라보려고 해.

고객을 돈으로 아는 사람과
어떻게든 유혹해서 물건을 팔고자 하는 사람은
결국 자신이 원하는 것을 이룰 수 없을 거야.
사랑하려는 마음이 담겨 있지 않으니까.

누군가를 진정 사랑한다면 이렇게 말할 수 있어야 해.
"너를 사랑하기 시작하면서
너의 외모가 아니라,
네 안에 있는 영혼이 보인다.

움츠리고 약한 영혼을 만날 때마다
힘껏 안아주고 싶다.

행복은 마음껏 부르는 거야 제제와 어린 왕자,

외롭고 쓸쓸한 영혼을 만날 때마다
나도 너처럼 운 적이 있다고 고백하며
뜨겁게 안아주고 싶다.

나의 사랑은 너에게 가기 위한 노력이다.
너를 만나,
너를 느낄 때마다
나는 너에게 글을 쓴다."

어때? 마치 시처럼 느껴지지?
사랑하는 사람이 쓴 모든 글은,
연인의 영혼에 전하는 귓속말이야.
달콤하게 그러나 짙은 여운으로
그의 영혼에 남고 싶다는 바람이지.

사랑이란,
"그에게 가서,
그가 되고 싶다"는,
아름다운 희망이 만든 그림이야.
지워지지 않는 두 사람의 낙관이 찍혀 있는.

사랑하기 좋은 날은 없어,
사랑해서 좋은 날이니까.
그러니까 사랑하며 살자.

에필로그
Epilogue

더 많이
사랑하며

어린 왕자의 조언은 결국 이렇게 압축할 수 있다.
"절대로 너 자신을 아프게 하지 마.
네가 너를 아프게 하지 않으면
풀리지 않는 삶의 문제가 저절로 풀릴 테니까."

자신을 아프지 않게 하려면 어떻게 해야 할까?
제제의 질문에서 답을 찾을 수 있다.
"너는 우리가 반드시 글을 써야 한다고 했잖아.
이유가 뭐야? 굳이 그럴 필요가 있을까?
나는 글쓰기가 정말 힘들어."

제제, 나는 어제 종일 사색을 하며 깨달았어.
덕분에 찬란하게 빛나는 낙엽과
포근하게 내 마음을 안아준 구름,
근사한 하늘과 바람을 실컷 느꼈지.
어때, 뭔가 느껴지지 않니?
"네가 상대에게 무언가를 전하려면
마음만으로는 불가능해."

나는 지금 마음을 다해 글을 쓰고 있어.
그 이유는 너에게 나의 마음을 전하기 위해서지.
그런 글만이 읽는 사람의 마음에 닿을 수 있기 때문이야.

그래, 마음과 글이 함께 존재해야 해.
마음만 있어도 불가능하고,
글만 있어도 힘들어.

마음을 다해 글을 써야
내 마음을 전할 수 있어.
그게 네가 글을 써야 하는 이유야.
고마우면 고마운 만큼 더 열심히 써야 해.
사랑하면 사랑하는 만큼 더 뜨겁게 써야 하지.
마음을 전한다는 것은 그런 거니까.
"단 한 번이야.
네가 느낀 그를 향한 마음은 지금 이 순간에만 전할 수 있어.
눈을 깜빡하는 사이에도 네 감정은 전과 다르게 변할 거야.
마음을 전할 가장 좋은 시기는 바로 지금이야."

마음을 모두 담아 글로 전하는 것,
그게 바로 자신을 아프게 하지 않는 방법이다.
세상은 자기 마음을 보여준 사람을 아프게 하지 않기 때문이다.

"어린 왕자, 네가 보고 싶어질 거야.
너는 어때?
왜 대답은 하지 않고 하늘만 바라보고 있는 거야?

너는 내가 보고 싶어질 것 같지 않니?"
내가 하늘을 바라본다는 것은 '그렇다'는 뜻이야.
우리는 언제나 말로 표현할 수 없을 만큼 마음 아플 때,
그 간절함을 담아 하늘을 바라보니까.

난 네 곁을 떠나지 않을 거야.
마음을 열면 난 언제나 거기에 있을 테니까.
아프지도, 죽지도 않는 마음 안에서 우리는 평생 함께하는 거야.
진심을 담은 말은 상대의 마음을 울리지.
마찬가지로 진실한 사랑은,
두 사람 사이에 존재하는 사랑을 더 진하게 만들어.

"나는 너를 더 많이 사랑하게 됐어."

제제와 어린 왕자,
행복은 마음껏 부르는 거야

2019. 02. 20. 1판 1쇄 인쇄
2019. 03. 04. 1판 1쇄 발행

글 | 김종원
그림 | 원유미
펴낸이 | 이종춘
펴낸곳 | BM 주식회사 성안당
주소 | 04032 서울시 마포구 양화로 127 첨단빌딩 5층(출판기획 R&D 센터)
      | 10881 경기도 파주시 문발로 112 출판문화정보산업단지(제작 및 물류)
전화 | 02) 3142-0036
      | 031) 950-6300
팩스 | 031) 955-0510
등록 | 1973. 2. 1. 제406-2005-000046호.
출판사 홈페이지 | www.cyber.co.kr
ISBN | 978-89-315-8771-5 (03810)
정가 | 14,000원

이 책을 만든 사람들
기획·편집 | 백영희
교정 | 권영선
표지·본문 디자인 | 글자와 기록사이
국제부 | 이선민, 조혜란, 김혜숙
마케팅 | 구본철, 차정욱, 나진호, 이동후, 강호묵
마케팅 지원 | PAGE ONE 강용구
제작 | 김유석

◆도서 A/S 안내

성안당에서 발행하는 모든 도서는 저자와 출판사, 그리고 독자가 함께 만들어 나갑니다.
좋은 책을 펴내기 위해 많은 노력을 기울이고 있습니다. 혹시라도 내용상의 오류나 오탈자 등이 발견되면 **"좋은 책은 나라의 보배"**로서 우리 모두가 함께 만들어 간다는 마음으로 연락주시기 바랍니다. 수정 보완하여 더 나은 책이 되도록 최선을 다하겠습니다.
성안당은 늘 독자 여러분들의 소중한 의견을 기다리고 있습니다. 좋은 의견을 보내주시는 분께는 성안당 쇼핑몰의 포인트(3,000포인트)를 적립해 드립니다.
잘못 만들어진 책이나 부록 등이 파손된 경우에는 교환해 드립니다.

말의 서랍

김종원 지음

"필요한 만큼 넣어두고, 필요할 때 꺼내 쓰자!"

이 책을 읽은 다음, 당신은 분명 말을 골라 쓰게 될 것이다.

사람은 누구나 '말의 서랍'을 갖고 있다. 서랍 속에서 양말이나 셔츠, 바지와 속옷을 꺼내 입는 것처럼 우리는 말의 서랍 속에서 상황에 맞게 말을 꺼내 상대에게 보여준다.

말은 결국 내 말의 서랍에 있는 마음을 꺼내 보여주는 것이다. 아무리 검색해도 찾을 수 없고, 내 안에 없는 것을 보여줄 수 있는 사람은 없다. 이건 분명한 사실이다.

아무리 좋은 마음을 전하려고 해도 그것이 내 말의 서랍에 없는 표현이라면 보여줄 수가 없다. 그래서 마음과 다른 말로 상대에게 실망을 주게 된다. 마음처럼 말이 나오지 않는 이유는 마음을 표현할 말이 내 안에 존재하지 않기 때문이다. 세상에 보여주고 싶은 마음이 있다면 그것을 표현할 수 있는 말의 서랍을 먼저 갖춰야 한다. 그리고 때에 맞게 적절하게 꺼내 사용하면 된다. 그럼 더는 돌아서서 후회하지 않아도 될 것이다.

"눈빛은 눈의 언어고, 지식은 두뇌의 언어고, 지성은 삶의 언어다."

당신이 원하는 것을 말의 서랍에 채워라.

삶의 작은 나날이 모여 당신의 서랍은 더욱 풍성해질 것이다.